文
景

Horizon

沉 默 的 经 典

# 在风之上

## Les Matinaux

*suivi de*
La parole en archipel

[法]勒内·夏尔 著 树才 译

勒内·夏尔诗集

上海人民出版社

# 目 录

## 群岛上的谈话（1952—1960）

# 译者序

能读懂夏尔吗？

## 1. 问题

是的，这个问题首先是问给我的，我自己必须直面它；当然也是问给你（或者你们）的，因为你将读到夏尔的《早起者》。这本诗集是夏尔用法语写成的，你读到的却是现代汉语，因为我做了翻译的努力。任何翻译，第一步就是阅读。翻译一首诗，就是对这首诗最深刻意义上的那种阅读。没有阅读，就不可能建立理解，而没有理解，也就引不出任何翻译。极端地说，翻译即阅读。任何文学翻译，都是从阅读一个文本的第一眼那时开始的。说到翻译的起源：语言诞生之处，就是翻译开始之时。一种语言从其诞生的那一刻起，天然地已经携带了一种翻译（和被翻译）的内在欲望。那么，译者从一首诗里能译出什么？说到底，译者只能译出他/她"理解了（包括理解错了）"的部分。诚实地说，译者不可能译出他/她"无法理解"的部分，除非胡乱翻译，置起码的翻译伦理于不顾。诗歌翻译，尝试者众矣！但是，把一首诗从一种语言"译入"另一种语言，又谈何容易！"译"了，这是事实；但是，是否真的"译入"了？这就需要假以时日。译者的自我评价是不作数的，还得由读者说了算。完整、准确、全面地"理解"一首诗，是一个虚妄；原汁原味、毫无遗漏地"译出"一首诗，则是另一个虚妄。在中国，对诗歌翻译，人们一直无法打开一个有效的批评空间，因为太急于想给一首译诗下价值判断，而不去考察：这首诗是谁翻译的，译者是谁，译者又是怎样翻译的……依我看，译诗译诗，关键是谁译；同时，译诗译诗，译的是诗。一首诗一经翻译，起决定作用的，就不再是谁写的，而是谁译的。研究诗歌翻译，不能再动不动就把"信达雅"当作三字真言了！它本来只是严复的一篇"翻译经验谈"（虚构了一个关于文学翻译的"理想模型"），经验的盲点就是"严复作为译者"的决定性位置。我们必须打破只考察"原诗／译诗"的静态的二元比较方法，而需要想象"原诗／译者／译诗"的动态的三元互缠结构。在原诗和译诗之间，我们必须前所未有地重视"译者"这个动力要素，这个主体位置。在异常简单又极其复杂的翻译一首诗的"语言转换过程"中，一切差异都是由译者的介入引起的。

## 2. 读懂

我译出了夏尔的这些诗，就意味着我"读懂"它们了吗？未必。懂不懂是一种能力，既关涉外语，也关涉理解。我们得明白，没有一个人是从空白处开始理解的。读者总是以既有的某种理解能力（尽管是潜在的）出发去阅读一首诗，这牵涉到一个叫"前理解"的概念。一首诗被写出，又被发表出来，看上去它已经"完成"了，实际上它仍处于"未完成"状态，因为它期待着被阅读，渴望着被读懂，应该说，一首诗是在"读者"那里才完成的。一首伟大的诗必须遇到伟大的读者。但这种相遇是一种缘分，不会那么容易就发生。我是从什么时候开始读夏尔的？记不清究竟是哪一天了。最早的几首译诗应该是发表在《外国文学》上，后来《世界文学》也刊登过一些。以《勒内·夏尔诗选》为书名，在北岳文艺出版社（列入诗人潞潞、李杜主编的"黑皮诗丛"）出版，那是2002年8月的事情了。我同责任编辑赵晓阳因此结下了持久的友谊。让我喜悦的是，这本诗选赢得了多多、蓝蓝、莫非、车前子等好友的肯定。多多后来每次遇见我，必催我继续译夏尔，有一次甚至对我说："如果我是你，能够译夏尔，这辈子我就只干这件事了！"可见他多么看重夏尔的诗！就诗歌的密度、陡峭和悖论而言，我认为，多多的诗心同夏尔就能直接呼应上！蓝蓝更可爱，她总是好言相劝："老树，再多译一点吧！我等着读呢！"她还为这本诗选写了书评。但我实在是个缓慢、闲散的人啊！还有，对我的法语能力，我也有自知之明。现在回想，这还真成了一个问题：当年我是怎么读夏尔的？我究竟是怎样把他的诗句真的就译成了汉语？坦率地说，夏尔的诗，我不是"读懂"的，而是"听懂"的。是的，我听懂了他的声音、他的气息、他的愤怒……我是突然听懂的！我突然就听懂了夏尔把自己的生命存在神奇地转移到诗句的字里行间的语言气息和声音节奏！之所以突然听懂，我得感谢一盘磁带，里面有夏尔自己朗读的嗓音，总共有几十首吧，因为他的诗短。听这盘磁带，我不知听了多少遍。上百遍？那是肯定的。上千遍？也没准儿。我坐着时，听它，走路时，也听。为了听它，我特地买了一个随身听。我往耳朵里塞上耳机，随时随地都能听。直到有一天，我走在安定门外的大街上，我一边听夏尔带着南方口音朗读的一首诗，一边跟着念……我突然发现，这首诗已经被我记在心里了：我能背诵它！我又试了一遍。这是真的。我万分惊喜，因为这首诗我还没有试着翻译呢！它后来被译为《完全》（"Pleinement"）。我还发现，会背的诗，不止这一首。我停下脚，久久回味夏尔通过他肉嗓子的声音刻录在我记忆心壁上的这些诗句。噢他看似晦涩难懂的诗句，其实是很"口语"的！他的诗其实是随性率真、几乎脱口而出的一种话语，带着他独有的个人口吻和句式特点。他之所以把"散文诗"和"分行诗"混编入同一部诗集，是因为那些未分行的诗篇其实诗情更满溢、更浓烈。确实，他总是能把一个句式推进到极致的悬崖处（尽头）。这盘神奇的磁带是谁给我的呢？我的义妹孙玲华。玲华的法语远比我好，她后来成了外交部的首席法语翻译。她又是怎么得到这盘磁带的呢？因为她在巴黎遇见了一位医生，而这位医生竟是夏尔的私人医生！玲华是怎么结识夏尔在巴黎生活时的私人医生的？我就不得而知了。我永远都无法知道了，因为我的义妹已经不在了！现在我每次读夏尔，译夏尔，我就会想起颖慧、朴素、内心纯净、经历了种种磨难的玲华，对她充满了怜惜和感恩。

## 3. 悖论

但是，得承认，夏尔确实是难懂的。他的难懂，就是他诗里的悖论。确实，他是一个悖论诗人。光靠读，真是懂不了的。好在，读他的诗，懂不懂并不是个问题，或者说问题不在懂或不懂上。他的诗像一座迷宫吗？正相反，夏尔信任简单、简洁，相信他的诗句能被最朴素的人分享。在 1948 年发表于《费加罗报文学周刊》的那篇访谈中，他说得坦诚："我有我的批评者。他是偷猎者。我写了点什么，就念给他听，有人说我隐晦难解，这真的让我发笑，因为这位偷猎者马上就能懂，他告诉我，这挺好，或者这个词得换，就是这个。对我来说，一首诗，不是漂亮，或者好奇，或者奇特，或者你们愿意的任何什么，它是我的巅峰，是很坚硬的，就像这样……它没必要受追捧，被赞赏，被品尝得津津有味；应该是，你读它时，它就降临到你身上。"所以说，读夏尔的诗，最好经由身体，是身体的吃进，而非智力的解读。面对一首诗，可以像夏尔的那位偷猎者朋友那样，读者可以改动它，而不是非得全盘接受。我读夏尔的一首诗，一开始，常常只有几个词是可解的，这时按照惯性，我会揣摩主题，努力把握它的意义、整体结构或某种和谐；但这些理解原则早已被夏尔抛弃了！夏尔的诗，也许更期待一种主动的阅读，就是说，作者的意图可以暂且不理，读者可以直接动用身体感官，尤其凭借直觉，去倾听诗行之间流淌或者突奔的生命声音。让晦暗之处继续晦暗不明吧，而读者之心已被某种诗力打开，被某种魅力浸染，被某种启示领引。晦暗之处，正是夏尔诗歌的悖论。这种悖论既创造了对立，又让对立之力并置、共存，所以是一种超越。极端地说，为了读懂夏尔，完全可以接受读不懂，因为那是暂时的，你总是可以重读一遍，再读一遍……从而抵达一种更好的理解。为了一种理解，可以接受最初的不理解。这也是悖论吗？总之，不要太急着要懂，要勇于迎接夏尔诗歌的相异性。别忘了，夏尔最心仪的哲学家就是赫拉克利特和尼采。一种代表着智慧的辩证法主宰着夏尔的诗篇。

## 4. 片段

夏尔的诗给人一种片段感。应该说，他的写作就是一种片段写作。对夏尔来说，写作不是基于关联，而是基于断裂。矛盾的力量贯穿在他的整个写作过程中。说，就是反对说，在每一瞬间自我否定。读者不必非得把诗里的不同要素关联起来，恰恰相反，最好尊重甚至恢复它们的自主状态。在《兰波》一文中，夏尔谈论兰波的诗，但何尝不是在谈论他自己："在兰波的一首诗的内部，每一节、每一段、每一句都活在一个自主的诗的生命里。"片段的概念，并不是和谐的缺失，不，它反而让和谐增殖。夏尔强调，因裂缝而更显豁的每一个要素都是自足的。夏尔宁愿诗句本身是断裂的。形式的分离：空白让诗节或诗句孤立，空白甚至是创造的条件。"空白捍卫的那张白纸"很像一场雪，它保护了种子。如果说有死亡，那也是暂时的、象征性的，悖论地看，死亡反而有助于生命（写作）的崭新的涌现。在夏尔的诗中，应该去感知混乱表面下更深层次的整体，生命和声音是在一个或多个层面上流动。阅读，就是要以直觉的方式把本不属于你的东西据为己有。夏尔认为，文本的不透明性和断裂，正是因为读者的无能：句子是一个整体，但"我们在途中阅读它（隐秘地，没时间停下脚步），通过片段，用陈旧的或崭新的目光"。我们自己无法理解的东西，我们会奇怪地转移到他者的文本上，从而建立一个我们"所理解的"意义。又是悖论：我们理解我们不理解的东西。

## 5. 童年

为了给"理解"补充一些条件，有必要叙述一下夏尔的童年。1907 年 6 月 14 日，夏尔降生在法国沃克吕兹省索尔格河畔利尔镇（L' Isle-sur-la-Sorgue），起名勒内－爱弥尔·夏尔（René-Emile Char）。夏尔是家里的"末脚儿子"，上面有两个姐姐，一个哥哥，而大姐比他大出整整十八岁。大姐出嫁时，夏尔才两岁。夏尔的父亲是个石膏商，家族就经营这个。他的婚姻，说起来有点复杂和悲伤：他先是娶了朱利亚·鲁若，但很不幸，婚后一年她就死了，死于肺结核，年仅二十岁；又过了两年，他再婚，娶了亡妻的亲妹妹玛丽－苔蕾丝·鲁若，也就是夏尔的母亲。夏尔的大姐继承了朱利亚这个名字，后来生命坠入疯狂。夏尔对自己的生母，不知怎么一直就亲不起来，而对父亲的第一任妻子，也就是母亲的亲姐姐，反而一直惦在心头，视若神秘，专门写了一首诗赞颂她。夏尔和大姐感情很好，和大哥、二姐就关系不睦，后来为了家族住宅是否售卖，更是意见不合，吵得很凶。童年的夏尔很少感到温暖。想象一下，他出生的那一天，身为石膏商的父亲奔波了一天，回到家时已经很晚了，累得够呛，没准儿还浑身沾着石膏白粉，他已经四十四岁，对第四个孩子的降生，估计真没什么喜悦可言。1914年"一战"爆发时，夏尔正上小学，有人后来这么回忆："1914年的那个冬天，镇上的小学老师对住在镇外的学生撒手不管，夏尔也在其中，因为他家离市镇有一段距离。夏尔乐得利用这个自由，没事就沿着索尔格河闲逛，天黑时就去铁匠铺看铁匠打铁……"糟糕的是，1918年1月15日，父亲突然去世。年仅十一岁的夏尔在精神上遭遇很大冲击。夏尔离开了利尔镇，到阿维尼翁去上中学。寄宿学校的孤独，真叫苦不堪言。有一天，夏尔发高烧，母亲总算赶过来，把儿子搂到怀里。没过一年，因为身体原因，夏尔就到一个老师家去做寄宿生。1922年，他尝试着写起诗来。1923年，夏尔到马赛去读商学院课程，便于以后接手家族的石膏生意。但是，他更乐意在码头和贫民区一带游荡，过着漫游的生活，倒是也写了几首诗。为了挣点钱，年轻人还贩卖威士忌和菊苣粉。那个时候，他已经读到彼特拉克、维庸、拉辛、维尼、奈瓦尔和波德莱尔。1926 年，艾吕雅那部伟大的诗集《痛苦的首都》出版，夏尔读到了它。这是决定性的，因为夏尔通过阅读发现了一位当代大诗人，在这之前，他的目光只知道盯着过去。艾吕雅后来成为夏尔的诗歌教父，应该就是从这一刻开始的。

## 6. 超现实主义

在夏尔的诗人生涯中，1929 年是一个决定性的年份。那一年，他加入超现实主义运动。在这之前，他已在尼姆城服过一年半兵役，在炮兵部队，作为一名二等兵。离开部队后，夏尔一身轻松，创办了杂志《子午线》。他第一次到巴黎，但待的时间很短。8 月，他在尼姆出版了诗集《军火库》，并寄了一册给艾吕雅。秋天，艾吕雅南下利尔镇，同夏尔见面。艾吕雅决定让这位外省的年轻诗人北上巴黎。11 月底，夏尔在巴黎同布勒东、阿拉贡、克雷维尔等诗人见面。12 月 15 日，在《超现实主义革命》第 12 期，夏尔发表了诗作，而《超现实主义第二宣言》也刊登在这一期上。夏尔是和达利等人一起加入超现实主义的，也是那一年，德斯诺斯、普雷维尔、莱里、格诺等人却嚷嚷着离开了这个运动，他们拒绝响应《第二宣言》的原则。熟悉夏尔的一名友人这么描述当时的夏尔："像当过橄榄球运动员似的，他高大魁梧，镇定而平静，有着体格力量非同寻常的那些人的表面上的耐心……他说话少，听得多，不喜欢浪费时间。他简直就是阿拉贡的反面"。可以说，夏尔就是以"超现实主义诗人"的身份登上诗坛的。他注定了一生都要与"超现实主义"这个词纠缠不清。我曾经这么评价：超现实主义像一道强悍的闪电，照亮了他的二十三岁。布勒东和艾吕雅从一开始就对他表示器重和关注。尽管夏尔后来脱离了超现实主义团体，超现实主义的精神却贯穿了他一生。同超现实主义相遇，促使夏尔去阅读兰波和洛特雷阿蒙。1930 年 5 月，布勒东和夏尔领头，搞了好几场"进攻性"的行动，他们砸了"马尔多罗酒吧"，在打斗中，夏尔的腹股沟挨了一刀。1931年夏天，夏尔同艾吕雅及女友努什一起去西班牙旅行。他们去见了达利夫妇。同年12月，在《超现实主义为革命服务》第3、4期，夏尔发表了好几首诗，其中《诗歌的精神》题献给了阿拉贡。1932年，阿拉贡在一次会议上否定弗洛伊德。同许多超现实主义者一样，夏尔也不认同阿拉贡的观点。这引起了争吵。3月，夏尔、达利、艾吕雅、查拉（他刚刚加入超现实主义）等发表小册子《小丑》，把争吵引向了高潮。从此，夏尔一直讨厌阿拉贡。从1931年10月到1932年底，夏尔待在法国南方，写作《战斗的诗》。他的日子过得贫穷而苦涩，手头拮据："我就像斗兽场里的公牛，但不是被置于速死的境地，而是经受着痛苦。我身无分文，而且挣钱无望。这很清楚。家庭？早烧光了。朋友们？甚至比我更穷。……幸亏，我遇到了一个阿维尼翁的女人。……要明白，绝望是毒品。"1932年10月25日，夏尔在巴黎娶了乔吉特·戈德斯坦（Georgette Goldstein），塞纳街一户商人的女儿。1933年，《米诺陶》杂志第一期在毕加索的操持下，宣布将要出笼。当时，夏尔正在逐渐摆脱超现实主义，于是拒绝参与。1934年7月底，《无主人的铁锤》在超现实主义者出版社出版。这本诗集1933年已被伽利玛出版社拒绝过。夏尔欠下印刷厂一笔钱。康定斯基当时正好在法国，2月见过夏尔，于是给了夏尔一幅铜版画（列在头20张之内），总算帮他弥补了一些费用。这本诗集，夏尔本来是想同查拉、艾吕雅、布勒东合集出版的。在1934年的版本中，夏尔引了他心仪的赫拉克利特的一句话作为题记："也应该记得忘了道路通往何方的那个人。"书出版后，夏尔如释重负："大作品完成了。……周二晚上，一切都能弄好，我真是轻松啊，轻松啊，作为这本书的父亲。"（1934年7月30日写给查拉的信）同年8月14日，夏尔先是参加了布勒东的婚礼，然后到8月21日，他又见证了艾吕雅的婚礼。此后，他坠入一个抑郁时期。他内心沮丧，感到超现实主义的活力已经耗尽。1935年4月初，夏尔突然南下普罗旺斯："我必须尽快离开巴黎，……我得努力搭个窝，重拾我的生活，如果还有可能的话。"12月8日，夏尔以布告的方式，在故乡索尔格河畔利尔镇发表了《给本杰明·佩兰的信》，正式同超现实主义决裂。听到这个消息，查拉雀跃，艾吕雅震惊。要知道，对艾吕雅，夏尔始终怀有最深的友情。12月22日，他给艾吕雅写信："……我没变，哥们！……我只是想确认一直在我身上吼叫的反抗。依我看，没有所谓的'超现实主义者'……我不怕孤独，也不惮恶意……你永远的哥们。"几天后，在巴塞罗那参加毕加索画展的艾吕雅，也给夏尔寄了一张明信片："你漂亮的礼物令我惊喜。在这里，我稍感遗憾的是，没有你在场，我就没法再去以前我俩一起去过的咖啡馆，那些街道，我们的街道……"两位大诗人最终经受住了考验。1938年1月，"超现实主义国际展"在巴黎举办，为此还出版了由布勒东和艾吕雅编辑的《超现实主义简要词典》，涉及"夏尔"的只有一句简短的注释："勒内·夏尔，生于1907年。

超现实主义诗人。1937年彻底脱离此运动。"夏尔呢，曾力劝两位年轻诗友彻底地做自己，要对超现实主义保持警惕："当心超现实主义，这个流派以前曾充满活力，如今已变成化石。"

## 7. 抵抗

本想用"抵抗运动"这个专有名词，但我感觉它的范畴有点窄，而"抵抗"这个词更广阔、更有力，尤其当我们把它同夏尔的诗歌人生联系在一起考察时。纵观20世纪的法国历史，如果没有"抵抗运动"，我们是无法想象1939年之后的"自由"法国的。狭义地说，"抵抗运动"是"二战"期间法国人抗击德国法西斯入侵的运动；广义地引申，"抵抗"则一直是法国人自由精神的体现和对自由生命的向往和捍卫。résister 这个法文词，甚至可以视为一个哲学范畴或思想概念。诗人向来用笔战斗，但在生命的紧要关头，诗人也要敢于拿起枪来，捍卫最高贵的生命自由。夏尔就是这么做的。他是真正意义上的战斗诗人。德国法西斯军队入侵之前，夏尔对灾难的发生已有预感："……恐怖正包围我们，……纳粹，正慢慢夺取娱乐和行动的所有操纵杆；它会以绝对的屠夫方式进行统治。"1940年，夏尔响应动员，加入一个炮兵团。别忘了，他服兵役时就是在一个炮兵部队。他成了军官，先是被任命为班长，6月又到普瓦提埃炮兵学校去学习课程。7月，夏尔遭遣散，回到了索尔格河畔利尔镇。10月，有人举报他是极左斗士，对他展开了调查，结论是他藏有一支自动手枪和六发子弹。1941年，为了安全起见，夏尔又住到上普罗旺斯阿尔卑斯省的塞雷斯特镇，在一个朋友家得到庇护。夏尔已没法写诗了："当然应该写诗，用墨水记下恐怖和内心的哭泣，但不能停步于此。这真的是不够的。"诗人还想着出版一本诗集，书名已经想好了：《愤怒和神秘》。1942年对夏尔来说，又是一个决定性的年份。他加入了抵抗运动。根据乔治·卢的说法，夏尔一直想着搞秘密抵抗行动。夏尔加入的游击队叫"秘密部队"（Armée Secrète），他化名亚历山大，被任命为杜兰斯南部地区的游击队大队长，直接同德国纳粹干上了。游击队组织不严，武器缺乏，为了更有战斗力，1943年夏尔转入伞兵部队，这支部队是由在阿尔及尔的戴高乐将军创立的。夏尔统辖法国的七个省区，接收空运过来的物资，参加伏击战。正是从1943年开始，夏尔开始写《伊普诺斯的书页》，这是一些简单的笔记，在伏击战间隙随手记下，根本没时间去打磨："我写得简短。我的脑子没法开小差。"一个诗人，就这样变成了抵抗运动的一名战士。据他的战友描述，夏尔是"一个特别坚强的头领，精力充沛"。读《伊普诺斯的书页》，我们得知，1944年对夏尔来说是一个惨痛的年份，尤其春季和秋季，他失去了许多战友。他们不是在战斗中牺牲，就是被叛徒出卖，遭到逮捕，甚至被杀。诗人也屡遭危险。4月，在一次夜间行动中，夏尔从数米高的地方跌落，脊背撞击到地面的石头，手臂和脑部严重受伤。在塞雷斯特一个老村子藏匿了四十多天，诗人才慢慢康复。6月6日，盟军在诺曼底登陆。7月16日，夏尔赴阿尔及尔，筹划8月15日在普罗旺斯的登陆行动。诗人在《伊普诺斯的月亮》一诗中写到了这次行动。那时，夏尔的职位很重要，他是科索将军的联络官，南部军事行动的代表。法国解放后，1945年3月，《单独者继续存在》在伽利玛出版社出版，受到了广泛的赞誉。圣-琼·佩斯和波朗给夏尔写了信，梅洛-庞蒂和格诺则去利尔镇看望诗人。加缪读到夏尔的诗，希望把他的作品编入"希望丛书"，后来夏尔果真把《伊普诺斯的书页》题献给了加缪。他们结下了深厚的友谊。抵抗，作为一种精神，从少年时代起，就深深嵌入夏尔的生命个性中。即使在朋友之间，他也"抵抗"各种不公的行为，1946年，阿拉贡替一个叛国分子洗脱罪责，夏尔公开反对，不惜同艾吕雅产生不和。但他又极其看重朋友间的友谊，11月28日，艾吕雅还在瓦莱城休养，一次脑出血掳走了他的妻子努什。关键时刻，夏尔成了艾吕雅的重要支撑："最后的花朵掷向努什的棺椁，勒内·夏尔，以兄弟之臂支持保罗（即艾吕雅）！"那一年，诞生了两篇重要的评论。乔治·莫南写了《你读过夏尔吗？》，莫里斯·布朗肖在《批评》杂志上发表了《勒内·夏尔》，视其为一位重要诗人。1949年，《费加罗报文学周刊》抛出问题："你害怕什么？"夏尔的回答是，他痛恨各种独裁。7月9日，夏尔同乔吉特正式离婚。1950年1月，《早起者》在伽利玛出版社出版。终其一生，夏尔都在"抵抗"，而"抵抗"的勇气和目的，源自同一个词：自由。

## 8. 艺术

诗歌，当然是一门艺术。运用语言，到了妙用的境界，就成了诗人。应该说，诗人就是艺术家。一位诗人对艺术不敏感，那是说不过去的。在各门艺术中，夏尔对绘画似乎情有独钟。达利、毕加索、恩斯特等画家，夏尔年轻时就认识。同毕加索，夏尔有着长期的合作，毕加索给诗人的诗集画过不少插图。康定斯基的一幅铜版画，关键时刻还帮欠下一笔钱的夏尔救过急。1934年，在一次画展上，夏尔发现了还寂寂无闻的乔治·德拉图尔。《图书馆着火》一诗，夏尔题献给了乔治·布拉克[1]，后者同加缪一起发现了夏尔。1947年，同伊冯娜·泽沃斯一起，他们在阿维尼翁为布拉克举办了画展，这个画展后来成了"阿维尼翁艺术节"的肇始。伊冯娜1970年在巴黎去世，她是一位了不起的策展人，在夏尔的生活中占据了极其重要的位置。1951年，夏尔遇见画家尼古拉·德·斯塔尔，两人成为好朋友。为了完成十四幅木刻作品，斯塔尔奋战了一个夏天，顶着酷暑，在巴黎，在利尔镇，甚至在夏尔家工作，最后这些木刻为夏尔的诗集《诗选》添彩。书和木刻一起展出时，夏尔写了文章《斯塔尔的木刻》。1954年的《朱红色。答一位画家》一诗，就是夏尔为斯塔尔写的。贾柯梅蒂，夏尔在超现实主义时期就认识他，1955年

---

[1] 乔治·布拉克（1882—1963），法国著名画家，雕塑家。——译者注，下同

23

为他写下诗篇《阿尔贝托·贾柯梅蒂》："在屋子深处，在留给朋友们的质朴房间里，伟大的贾柯梅蒂睡着了……"很显然，《致维埃哈·达·西尔伐的九次感谢》是写给女画家西尔伐[1]的。画家维克多·布罗南给夏尔的诗《四种迷人的动物》画过插图。1963年4月20日，用《致米罗》一诗，夏尔向画家米罗致敬。为亨利·马蒂斯，夏尔写了《鲨鱼和海鸥》。除了绘画，夏尔也关注音乐。1965年11月，为了回答关于"十二音体系音乐"的问题，夏尔谈到诗歌和音乐之间的关系："诗歌的话语，对它没有损失，是借口、跳板或幻影，一种精神支持，对借用它的音乐而言——为的是重新出发或音乐地言说，为了返回团队，为了挖掘或编织，为了让渴望和回声迸溅，为了也在世间诞生。金属互相荣耀。"人们有所不知，从1950年代开始，夏尔自己创作了很多绘画作品，甚至在1966年参加了"诗人们的画"展览。1973年4

---

[1] 维埃哈·达·西尔伐（Viera da Silva，1908—1992），生于葡萄牙的抽象派画家。

月8日，夏尔正为毕加索的画册撰写序言（画展定于5月在教皇宫举行），他得知了画家的死讯。为了纪念，夏尔写下《地中海季风中的毕加索》。1978年，夏尔彻底离开巴黎，搬到沃克吕兹定居。8月初，一次严重的心肌梗塞，一度让他无法行动。1980年6月，是赵无极为夏尔的手稿《拆散的黄麻布袋》画了插图，而诗人也把手稿中《镜子的骚动之背》一诗题献给了这位华人画家。当然，我也好奇，夏尔自己的画作究竟成色如何？因为无从得见，我也就不妄加揣测。但是，从夏尔的诗句中，我的确领略到了法国普罗旺斯地区那种诗意起伏的多变风景。

## 9. 哲思

夏尔的一生，就是"愤怒和神秘"的一生。我们对他，既所知甚多，又所知太少！读评论他诗歌的文字，给我留下的一个主要印象就是：把他的"诗意"浅化了！夏尔创造了一种怎样强悍、密集而又深沉的诗意啊！然而，当我译出"棕色蜜蜂，在这醒来的薰衣草中／你们在寻找谁？"(《奥利安的接待》) 这样的诗句时，我又怎么可能不相信，他的诗句是像熔浆一样从地心般的心灵中自然喷出的呢?！法国的诗歌批评力算是强的，但是，批评家们还是追不上夏尔的创造。夏尔的一本又一本诗集，把他们善意地甩在了身后。1981年，在几位朋友的协助下，夏尔已经开始准备将要编入"七星文库"的《全集》，并于1983年大功告成。"七星文库"的《全集》，一般来说是替一位大作家死后作盖棺论定之用的，夏尔居然在生前（1988年去世）就把它实现了！从正常的角度看，这是对夏尔诗歌成就的看重，但从反常的角度看，这又是对夏尔精力耗竭的暗示。很快，夏尔就感觉自己老了！我甚至思忖，《全集》出版后，夏尔手抚这本精美之书，内心应该是不无后悔的。1984年，哲学家福柯去世。夏尔是通过他在沃克吕兹的邻居，法兰西公学院的教授保罗·梵纳的介绍而认识福柯的，据梵纳教授说，夏尔为福柯之死写了两首诗。说到同哲学家的瓜葛，那还必须提到海德格尔，1955年夏天，在让·博弗雷的安排下，夏尔第一次同海德格尔会面。博弗雷回忆道："在梅尼蒙当一棵栗树的枝叶庇荫下，一位哲学家和一位诗人讨论着他们的所知和他们的所是。马丁·海德格尔和勒内·夏尔学习他们的对话语言。巴黎在假期。"海德格尔自己也写道，"在法国旅行期间，我很高兴认识了乔治·布拉克和勒内·夏尔"。过了五年，在夏尔一位女友位于沃克昌兹山中的一座小房子里，法国诗人和德国哲学家又有了第二次会面。无疑，海德格尔和夏尔在"存在"和"如何存在"的话题上，是有很多话可以交流的。如果说，海德格尔是通过对诗歌（尤其是对荷尔德林的诗歌）的阐述，把哲学的思辨引向了诗意的狂热，刷新了哲学的言说方式，从而让人感到耳目一新的话，那么，夏尔就是通过直接投身于"抵抗"的生死历险，把语言的运用拽到了一个容不得半点犹豫的紧急状态，创造了陡峭的声音节奏，从而让诗恢复了它的愤怒蛮力……哲思停止之处，诗性活泼之时。可以说，夏尔活着时，法语诗歌用血肉之躯攀登上了语言精神的勃朗高峰，夏尔死后，幸亏还有博纳富瓦的缓坡接续，但是，哲思这条生命之河，整体上还是不可避免地减慢了它的流速……后起的诗人们，甚至愿意假装淡忘了夏尔的伟大！他们知道我尝试翻译夏尔的诗时，居然抛出这样的问题："（你）能读懂夏尔吗？"当然这不是一个愚蠢的问题，而更像是对我理解能力的一种质疑。在这篇由九个关键词串连起来的随笔的结尾，我更想说的是，夏尔的诗，我不是"法语地"读懂的，我是"声音地"听懂的！我是凭着跨越时空的诗人之间的热爱和心感，听见了夏尔那灼烫迸溅的生命气息。像兰波一样，夏尔的诗是启示性的。任你怎么读，你在感到困难时，应该闭目，冥想……冥冥中去领悟个体肉身的短暂和自由精神的恒在。

2023 年 12 月 10 日夜
杭州临安

早起者

**1947—1949**

艾帕曼特斯：晚上睡哪里，泰门？

泰门：太虚笼盖之下。

莎士比亚《雅典的泰门》

树和猎人的节日

## 梗概

　　两位吉他手坐在铁椅子上，背景溢满地中海的气息。片刻，他们调弦，试唱。猎人到了。他穿着粗布衣裳。他带着枪和长挎包。他缓缓地说出头几句诗，噪音忧伤，吉他温柔相伴，然后他去打猎。每一位吉他手，轮流着，灵活调转传到各自耳里的诗歌，一边注意每四句诗后的寂静，这一静默被两把吉他吹散。听见一声枪响，猎人重又出现，像刚才一样，上前走向听众。他说出诗结束前的那一节，吉他手扰乱了他，他们站起来围住他。最后，两位吉他手高声合唱终曲，猎人哑默，低着头，在他们中间。远处，几棵树在燃烧。

两位吉他手沉浸在猎人的忧伤中（他射杀鸟是"为了保住树"，然而，同一颗子弹点燃了森林），这是一个悖论，符合创造的苛求。

## 猎人

翅膀尖锐的定居民族

或深邃天空的旅行者，

群鸟，我们射杀你们

好让树留给我们，连同它沮丧的耐心。


　　　　　　　　　　　猎人出发。吉他手们，

　　　　　　　　　　　将轮番讲述他的世界。


## 第一把吉他

尖腰身的杨树，

你在顶梢结出的，

是淌血的伤口的希望，

还是冒昧的接近？


第二把吉他


你替孩子脱衣服，

犬蔷薇，格外机灵，

他看见你们亲吻的舌头

在他肉身的透明中。


第一把吉他


被铃铛惊扰的狗

呕吐，狂吠，往后缩。

只用魔术让它着迷，

令它凭灵巧游戏。

第二把吉他


斑鸠，我的忧伤

不知不觉就被定义，

你的歌就是我的午夜之歌，

你的翅膀拍打我的堡垒。


第一把吉他


媒鸟在寒冷中

激励猎枪的子弹

从它的笼中喷射，

为了继续欺诈。


第二把吉他


橡树和寄生植物低语

它们敌手的计划，

胯骨坚硬的伐木工，

孱弱孩子的镰刀。


第一把吉他


火灾的万灵药，

螳螂，在你的脆茎上，

结出你夜间的闪电，

为了你们强悍的爱。


第二把吉他


睡在我掌心里吧，

橄榄树，在崭新的土地上；

确实，日子会是美的

尽管早晨刚刚开始。


枪声从森林中响起

回声一直传到吉他。


40

### 第一把吉他

刚刚被照亮的云雀
闪着光，创造它歌唱的愿望；
而贪婪者的土地
向这个活物爬去。

### 第二把吉他

我们前行，我们撕碎它的路，
我们用一把尖刀
削一根棍子，为着最终
减轻父亲们的大疲惫。

### 第一把吉他

被猎人击中的扁柏

在夜晚明亮的幻觉中，

在光和大海之间

你灼热的身影降临。


## 第二把吉他


如果我们再也看不见它们吵嘴，

我们也会用它的房屋

去交换一块岩石，它的地平线

在一根羊齿草下滴水。


## 第一把吉他


亲爱的影子，在漫游者的

朔日，我们崇敬你，

整理这些草吧，它们

被恋人们的手指和脖颈压弯。

## 第二把吉他

心爱上一条明亮的小溪，

把苦涩的子弹射入其中。

它佯装不知道大海

会将神秘归还给它。

## 第一把吉他

痛苦和时间一起闲逛。

怎样的愿望让它们在一起？

迟钝的燕子，抓住

它们本身的秘密吧。

## 第二把吉他

去爱吧，当石头们

在你迈出的脚步之间飞翔，

猎人，光的方块

把它们的位置印在世间。


猎人返回。


猎人


应该看到我们是在你们的这一烦恼中行进，

森林，在所有人的感动中继续存在，

远离门，几乎认不出。

面对虚无的火花，

你永远不会孤身一人，噢伟大的消失者！


火灾后的森林微光。


吉他手们


谢谢，死神惊异；


44

谢谢，死神不坚持；

谢谢，逝去的是日子；

只感谢一个男人

如果他抵抗了丧钟。

无眠的午睡

## 警戒

　　在我们的缓坡上，我们有一组歌掩护我们，交流之翅在我们容光焕发的气息和我们最强烈的感情之间。不起眼的纸页，暖色调，外形过时，但是纸面长着一个小伤口。允许每一个人为这可质疑的淡红色锁定一个起源和一个结局。

　　有一阵子，死亡顺从于假巫师，糟蹋了最高的机会，我们毫不犹豫地释放我们拥有的全部时光。或者更好，我们转向甘薯，夜晚的极致时刻让这牵牛花变得精美并且半开，但正午迫使它闭合。异乎寻常的是，这花朵在寂静背后迎接我们，而这寂静并非我们奢望过的一场午睡的寂静。

## 分歧

窄脑袋的那匹马
判决了它的敌手，
脚后跟悠闲的诗人
比在他嗓音里奔跑的那些人
有更严峻的微风。
毁坏的大地重又复苏
尽管一块持续的铁伤害它。

返回农场吧，耐心的人们；
在春天的扁桃树上
流淌着衰老和青春。

死亡在时间的边缘微笑
时间赋予它某种高贵。


正是在夏天的高度上
诗人反抗，
从收获的炽热炭火中
抽出它的火把和疯狂。

## 恋爱中的蜥蜴悲歌

别剥向日葵的籽，

柏树们会疼，

金翅鸟，继续飞吧

回到你毛茸茸的窝。


你不是天空的一粒卵石

为了让风抹去你，

乡野的鸟儿；彩虹

同雏菊合为一体。


有人开枪，快躲起来；

向日葵是它的帮凶。

只有草丛护着你，

它们在田野上起了皱。


蛇不认识你，

蝈蝈们咕哝；

鼹鼠，它看不见，

蝴蝶不恨任何人。


这是正午，金翅鸟。

千里光[1]在那里闪耀。

别耽搁，去吧，没有危险：

那个人已回到家里！


此地的回声是安全的。

我观看，我是预言家；

---

[1] 千里光，一种菊科植物。

从我的矮墙我窥见一切，

包括摇摇晃晃的猫头鹰。


谁，比恋爱中的蜥蜴

更能说出大地的秘密？

噢，天空的灵慧国王，

我的石头里没有你的巢！


1947 年 8 月　奥尔贡

## 率真者

率真者或流浪汉，迄今已消失殆尽，以前我们常在镇上和森林里看见他们。他们和蔼而灵敏，在放下和捡起行囊之际，用诗句同居民对话。居民受了感动，给他们面包、酒、盐和生葱；如果下雨，就给草帽。

## 1. 托克比奥尔

### 居民

"劳作吧，一座城市将诞生

那里每一座房子都是你的居所。"

托克比奥尔

"天真！你的愿望
在我脚步的镰刀上破灭。"

## 2.弗纳斯屈厄的罗朗

　　罗朗在抱怨。他的情人没来赴约。大失所
望。他走了。

等太久，
失了信心。

离开的那人
不会是骗子。

啊！旅行，

小小的源泉。

### 3. 修道院长皮埃尔

皮埃尔

"许个愿吧，我看见的夜？"

夜

"让夜莺闭嘴，

还有他想在心中平息的不可能的爱。"

### 4. 安格林·昂勃扎纳

风流女子

"开始你的极乐吧，

外乡人，我为你开门。"


安格林


"我是那匹悔恨的狼，

美神，我为你效劳。"


## 5.迪阿纳·孔赛尔

### 喜欢待在家里的人


"烧制上好的瓦，

墙砌成拱形，

窗口要成比例，

斯巴达的樱桃木床，

一面海盗掠来的镜子

给我惦记着的露丝。"

迪阿纳

"但那钥匙，它转动两次

在你主教的门里，

吹起活力，熄灭声音。

陡坡上，爱已逝，风让我沉睡。"

## 6.勒内·马松

岩石借勒内的嘴说话。

我是上帝意志的第一块石头，岩石；

他游戏的穷人，最不好战的人。

无花果树，插入我吧：

我的表象是一个挑战，我的深度是一种友谊。

## 7. 雅克·埃吉耶

雅克在画自画像。

当众人祈祷，

我们怀疑。

当没有人有信仰，

我们成为信徒。

就像猫眼，我们百变。

## 8. 奥登·勒罗克

我诗中不时令你迷醉的，是未来，黎明前下
滑的黑暗，当夜晚已然消逝。

千般职业类似，

所有溪水一起流淌，

不可救药的群狗，

尽管在锁链的折磨中

你们的耳朵颤抖。

你们主人的咒骂

是一次灰尘的机会，

畜类，让面包变硬吧

在贫瘠的草中。


*


但愿雨滴在四季都成为

地平线的美丽闪光；

大地，我们穿越它。

早晨，我们吻它的前额。


每一位离开的女性，

我们的机会是使得

坠落的霹雳变成

我们的火灾。

斑鸠，高贵的鸟儿，

暴风雨忘记它正从中穿过。


## 9. 约瑟夫·普桑塞涅尔


约瑟夫


道路，你在吗？


我


浪子们一起走了。


## 10. 古斯塔夫·夏米埃


倾听它经过，看着它离去

从你们这么久才弯曲的骄傲中，

不会腐烂的谷粒的秸秆。

薄弱的是被面包唾弃的谷仓。

## 11. 艾蒂埃纳·法热

我唤醒我的爱

好让它告诉我黎明，

众人的败局。

## 12. 埃默里·法维埃

埃默里

"你埋葬风，

朋友，同时也在埋葬我。"

掘墓人

"甭管风往哪儿跑！

但它的锹就在里面。"

## 13. 漂亮的路易

路易

"荆棘的纵火者，狂怒的园丁，

你们是我的同类，但你们让我恶心！"

包工工人

"太阳黑子的打谷人，

我们太累了，我们满意。

怎么回应它，

老小孩？"

路易

"心灵助力，

直趋死亡——

它堵塞自由

它放飞幻觉。"

## 14. 让·若默

### 让

橄榄树，于我，是孪生兄弟，

噢空气的蓝，噢乌鸦的蓝！

有几座山谷相互诉说这些，

而香气混合在一起。

## 15. 德佐伯爵

他的墓志铭：

比起沉甸甸的黯淡玫瑰丛，

盲人们的手的欲望，

更喜欢路过的犬蔷薇

我是它爱意的顶端

在你吐露的热情中幸存。

## 16. 克洛德·帕兰

### 农人

"没人相信他确实死了，

假如他在收获的夜间凝视一捆麦子

满手如雨水般倾泻的麦粒正冲他微笑。"

### 克洛德

"勤奋者，我们超过你，

我们的永恒上结了霜。"

## 17. 阿尔贝·恩塞纳达

　　率真者曾经生活并热爱的世界，结束了。阿尔贝知道这一点。


上膛的枪替代我们

而狗群的吠声消失。

你显现出冰的形状，

我们，率真者，走向更远处。

## 奈冯家的青春

在花园的围篱上，蟋蟀

沉默，只是为了更好地安居。

在奈冯家的花园里

花园被草地围住，

一条没有斜坡的小溪，

一个没有朋友的小孩

他们的忧伤略有差异

最好就这样活着。


在奈冯家的花园里

一个反抗者，来同

小溪和小孩汇合，

最后融入他们的幻象。


在奈冯家的花园里

夏天是乏味的

听不见一只蟋蟀叫，

它，有时，一声不吭。

## 炼金术士们……

炼金术士们

同我的沉默作战,


甚至结在窗玻璃上的霜

也攻击你们!

甚至我吻过的嘴

在它默默的骄傲里!


我听见到处是求饶

然后是咆哮和汹涌,

溃逃者在火把前,

垂死　明天　灌木丛。


在他们生活的城里

人们已陷入狂热。

骗人的光明

是空间中的一面鼓。


在激流的荆棘丛中

我的羊毛挡住我的痛苦。

## 哨兵的劝告

果子从刀下迸溅，

美有回声的滋味，

铁钳嘴中的黎明，

人们想拆散的恋人，

女人系着围裙，

指甲刮着城墙，

逃跑吧！逃跑吧！

## 珊瑚

致一位奥赛罗

他惊慌，一想到，老练的眼神，
眼睛只剩下谎言的草。
他太多疑，连他的挡雨披檐都腐烂了
只等待孤零零的他。

谁也无法阻挡漂泊的光
到惊奇的陌生中去寻找它的意中人。
它一跃跳过空间和嫉妒，
这是又一颗完整的星球。

## 阿尔卑斯山

高大的被愚弄者的山峦

在你狂热高塔的顶峰

减弱最后的光。


只剩下空无和雪崩,

悲痛和遗恨!


所有这些不受欢迎的行吟诗人

在一个夏季目睹

他们温柔的悲观王国变白。

噢！雪是无情的

它喜欢我们在它脚下受苦，

它想把我们冻毙

当我们活在沙中。

## 愿它活着

> 这个国家不过是一个精神的
> 愿望。一个诞生地。

在我的国家，春天温柔的证明和衣衫破烂的鸟都想远走高飞。

真理在一支蜡烛旁等待黎明。窗玻璃被忽略。关心又有什么用。

在我的国家，人们不会询问一个受感动的人。

倾翻的船上没有恶毒的影子。

问候，在我的国家，几乎是陌生的。

人们只出借那些可以加倍归还之物。

有一些树叶，有很多树叶，在我的国家的树上。
枝条自由得不结果实。

人们不相信胜利者的信念。

在我的国家，人们感谢。

## 这退隐的爱属于众人

在前夜的大地上

闪电在溪流中是纯粹的，

葡萄园养活蜜蜂，

肩膀挑起重负。


道路闲逛，它们的尘土

同群鸟一起飞翔，

石头垒着石头，

有用的手喜爱它们。

至少在每一个痛楚的时辰

一个回声必须

为了那无知的孤独

重复一种友谊的纤弱的义务。


暴力是有魔力的，

人有时死去，

但在濒死的瞬间，

一根琥珀的粗线封住眼睛。


遗憾，低矮的门

它们只是一些感应

为了让我们的幻想折腰

并清凉我们死去的皮肤。


啊！让我们对裹挟我们的风大喊

是我们在掀起它。

在竭尽全力的土地上，

强悍的谎言的长处

是直截了当的安慰！

## 在高度上

再等一等，等我

来劈开冻住我们的冷。


云，在你我那同受威胁的生命里。


（我们的屋子里曾经有一座悬崖。

这就是我们离开并在此安家的理由。）

## 迷津

挖吧！金属环在命令。
流血吧！刀子在重复。
而人们扯掉我的记忆，
折磨我的混乱。

那些爱过我的人，
后来恨我，后来忘了我，
现在又关注我。
有些人哭泣，另一些满意。

冷漠的姐妹，冬日的草，

我边走边看你长大，

长得比我的敌人更高，

长得比我的记忆更绿。

## 休假军人

吃人妖魔到处都有：

在人们等待的脸上

和大家都有的颓丧里，

在群鸟的迁徙中，

在它们假装的安宁之下；

吃人妖魔服侍我们每一个人

从未得到酬谢，

在人们建造的房子里

不顾风的偏头痛；

吃人妖魔，隐蔽而虚幻；

噢，要是他能告诉我们

他是死神的仆人就好了！

## 真实让你自由

你是灯，你是夜；

这天窗是为了你的目光，

这木板是为了你的疲惫，

这一点点水是为了你的口渴，

这些完整的墙属于那个人——

你的明亮诞生了他，

啊囚犯，啊新娘！

一起

镰刀坚持在四分五裂的天空中

不顾白昼和我们的狂热。

月亮越过我们并触及我们的心。

心，留在夜里。

什么都不能割断这些关系

在积极的脚跟下，在冰冻的正午。


已经在那里，春日黄昏！

我们只是醒了，我们没有行动。

## 致亡命徒

　　　　　　　这口野水禽气味的甜水井

　　　　　是海，或者什么都不是。


——我不再指望你对我敞开，

不再指望你深沉的脸孔下叮当作响的水

流到我这儿是快乐又温柔，杂乱又阴暗，

（刹那间紧贴在我的唇上

泪水在那里彻底胜利）

记忆之井，噢心，内敛，战斗。


——让你的锚在我的沙子深处沉睡，

在盐的暴风雨中，你头脑主宰的地方，

窘困的诗人，但愿你幸福，

因为我仍然看重你穿越的准备！

## 裂开的山

噢，攀登至顶峰的泪水
永远最空旷的孤独。


当崩溃爆发
一只无力的衰老的鹰
看见它的镇定重现，
就轮到幸福向前冲，
在深渊侧翼追上它们。


猎人对手，你毫不知情，

你不慌不忙地超过我

在我反驳的死亡中。


1949 年 8 月 29 日　沃克吕兹省拉格镇

## 窗玻璃

纯洁的雨，被等待的女人，
你们擦拭的脸
是反抗者的脸，
是注定饱受折磨的玻璃的脸，
另一张，幸福者的玻璃，
在炉火前哆嗦。

我爱你们，孪生的神秘，
我碰触你们每一位；
我疼，我是轻盈的。

## 正直的夜晚

伴着一阵更凶烈的风，

一盏不太黯淡的灯，

我们必须找到歇脚处

夜在那里说"请通行吧"；

我们明白这是真的

当酒杯熄灭。


噢大地变得温柔！

噢我的喜悦在枝头成熟！

天空的嘴是白色的。

在那里闪光的，是你，

我的下坠，我的爱，我的毁坏。

默许

## 秘密的恋人

她摆上餐具，收拾停当，好让心上人过会儿坐在她的对面，一边轻声说话，一边凝视着她。这顿晚餐像一支双簧管的簧。

餐桌下，她裸着的踝骨正爱抚情人的酣畅，赞美她的声音，她已听不见。灯盏的光线是暧昧的，编织出诱惑人的声色。

一张床，很远，她知道，在床单芳香的放逐中，忍耐着，颤抖着，像一片永远不被遗弃的山间湖泊。

## 挨了耳光的少年

那几记耳光，打得他摔倒在地，同时也把他甩到离他生活老远的地方，朝着未来的岁月，当他流血时，不再是因为某一个体的极不公正。这么一棵小矮树，受到根系的激励，逼着受伤的枝条倚靠顽强的树干，然后倒退着，下降到这一知识的哑默和他的天真之中。最后，他摆脱，逃离，浑身幸福。他抵达牧场和芦苇栅栏，他爱抚牧场的泥沙，领会栅栏的簌簌摇摆，他抚摸着芦苇的淤泥，感觉到瘦削的战栗，似乎，大地生产的最高贵和最坚韧的，作为回报，已把它接纳。

就这样，他重新开始，直到那一刻，决裂的必要性消失，在人们中间，他站得笔直，神情专注，既更易受伤，又格外强悍。

## 米灰色

节日，这是好战之蓝的天空，并在同一瞬间迅捷转向暴风雨。这是一种危险，它的目光追踪并支撑我们，它要么质询我们，要么回心转意。这是了不起的狂怒，反对有利可图的秩序，为了让它迸溅出一种爱……从节日中胜出，即是，当我们肩头上这只手对我们低语，"别这么快……"，这只暧昧之手努力推迟回归死亡的过程，投身于节日的不可实现中。

## 阿努凯特[1]，之后的让娜

我要向我爱的人们揭示你，像一道长长的热烈闪电，让娜，你显身于我，同样无法解释，在一个强加于你的意图的早晨，你领引我们，从一块岩石到另一块岩石，直到人们称之为顶峰的自我的尽头。你弯曲的手臂半遮住脸，你的手指撩拨着你的肩头，在我们攀升的终点，你赠予我们，一座城市，一位天才的痛苦和品质，一座沙漠迷失的外表，以及一条河流的谨慎转弯，河岸上建造者们曾经自省。但是我很快回到你，镰刀，因为你享用着祭品。无论时间、美或者解

---

[1] 埃及神话中，阿努凯特是尼罗河的化身和尼罗河女神，她的圣物是羚羊，她的职能是疏导河水，使大地丰盛。

除心灵束缚的偶然，都无法同你相比。

因此我唤醒我古老的宝藏，我们所有人的宝藏，主宰那明天将摧毁的东西，我想起你曾是拥抱者阿努凯特，同样神奇的是，你曾是让娜，我最要好朋友的妹妹，同样不可解释的是，你曾是那位可怜的敲钟人心中的异乡客，这位敲钟人的父亲以前曾反复念叨：凡·高疯了。


1949 年 9 月 18 日　圣雷米镇

## 求助于小溪

在水流经过的地方，在摇曳的灯芯草里，我描述你的城市。戴宽毡帽的泥瓦匠到了；他们专心地遵照我的动作。他们并不构想我的建造。他们力不能逮。

我跟他们说，你怀着信心，在一旁等待，我干了半天来了解我的工作。那时，我们共同的满意将它擦去，在最高处重新开始工作，同样地，在我们确定的爱中。嘲笑者，他们散去了。当他们重新穿上粗布外套，我看见小溪里天空中闪光的沙砾，而我，毫不需要。

太阳旋转，羔羊的脸，这已经是葬礼的面具。

## 葬礼的面具

从前，有一个男人，吃饱了，永远不会饿了；当他吞食了那么多遗产，吃掉了那么多食物，让后代挨穷；他发现他的桌子空空，他的床一片荒凉，他的老婆发胖，他心田里的土地也一团糟。

没有坟墓，还想活下去；什么东西也给不了，能收到的就更少；什物逃离他，牲畜欺瞒他；他欺骗饥饿，把自己变作一只碗碟。这只碗碟成了他的镜子和他自己的完蛋。

## 地衣

　　我走在一块被冲刷的起伏的土地上，在隐秘的气息和没有记忆的植物之间。山峦起身，渴的手势瞬间握紧装满影子的小瓶。我的足迹，我的存在消失。你的脸在我面前倒退着滑落。这只是寻找蜜蜂的一个斑点，蜜蜂让它成为花，说它是鲜活的。我们就要分手。你会留在这芳香的高原，而我将深入虚无的花园。那里，在岩石的卫护下，在风声的饱满中，我会要求真正的夜支配我的睡眠，为了给你更多的幸福。所有的果实都属于你。

玩吧，睡吧……

玩吧，睡吧……


玩吧，睡吧，强烈的渴，我们的压迫者在这里并
不严厉。

自愿地，他们开玩笑，或者抓住我们的胳膊

以便穿越危险丛生的季节。

无疑，毒药在他们身上打盹，

以致缓和了他们野蛮的脾气。

因为他们把我们一直赶到这里，我的渴，

并强迫我们活在我们爱的遗弃中，

这爱缩减为某种天意！

香料，难道是为了你们？或者

在一堵干裂的墙下挣扎的所有植物，难道是

为了你们？或者海面上那些，告辞了圆柱的
云朵？

在巨大中，怎么猜测？


为了与这些暴君不辞而别，该怎么办，

噢我的女友？

玩吧，睡吧，让我好好估量我们的运气。

但是，如果你来帮我，我就必须拽住你，

我不愿让你遭受危险。

所以，让我们待在这里……谁敢说我们卑怯？

## 集句诗

　　你寻找我的薄弱点，我的缺陷？他的发现能让我听任你的摆布？但是，攻击者，难道你没看见，我是一只靶？你的那点脑浆正在我淡褪的光线中晒干？

　　我不热，也不冷：我统治。但是，别让你的手朝我的权杖伸得太长。权杖结冰，焚烧……你会嗅出它的感觉。

　　我爱，我捕获，我归还给某人。我是锋芒，我用光灌溉花朵的囚徒。这些就是我的矛盾，我的工作。

现在，我对世界微笑，世界也以微笑相报。现在，这现在永不会再现，我在尘埃中读到它。

那些眼看着狮子在笼中遭受痛苦的家伙，将在狮子的记忆中腐烂。

那个王，那个被吐火怪物追上的王，我希望他因此丧命。

## 发现者

他们来了，山坡另一侧的守林人，我们的

陌生客，我们习俗的叛逆者。

他们来人众多。

他们的畜群出现在雪松

和古老收获的田野的分界线上，田野将被灌溉并

变得翠绿。

长途跋涉使他们全身发热。

他们的头盔在眼睛上碎裂，他们疲乏的脚

茫然停落。

他们看见了我们，并停下来。

显然，他们没料到会在这里遇见我们，

在这些安逸的土地和紧闭的犁沟上，

对这一会面漫不经心。

我们昂起头，鼓励他们。


雄辩者走近了，然后是第二个，也是缓慢而无根。

我们来，他们说，通知你们

暴风雨，你们无法回避的敌手

即将到来。

不光是你们。我们也只是通过

祖先的血缘和秘密才了解它。

但是，我们为什么在你们面前不可理解地

显出高兴，并且，突然变得像一群孩子？


我们道声谢谢，并把他们打发走。

但从前，他们饮酒，他们的手颤抖，

他们的眼睛笑着。

树木和斧头的男人，面对恐怖

敢于昂首，但不懂引水，不会让

建筑整齐排列，也不会将它们染上有趣的色彩。

他们不知道冬天的花园和欢乐的节省。


当然，我们本可以说服并征服他们，

因为暴风雨的恐惧是激动人心的。

没错，暴风雨就要来临；

但难道有必要去谈论这些，并以此搅扰未来？

我们所在的地方，不存在紧迫的恐惧。


1949 年 9 月 30 日　西韦尔格

**摩萨纳的领主们**


　　一个接一个，他们曾经想给我们预言一个幸福的
未来，

　　脸色闪烁不定，唤起我们的恐惧。

　　我们蔑视这种平等，

　　对他们的喋喋不休说不。

　　我们沿着我们的心开辟出的碎石路行走，

　　直到天空的平原和唯一的寂静。

　　我们令我们挑剔的爱流血，

　　用每一颗卵石，争取我们的幸福。


　　现在他们说，在他们看不见的地方，

　　霜比死者的雪更令他们感到恐怖！

## 完全

当我们的骨头碰响泥土，

从我们的脸上崩塌，

我的爱，什么也没有结束。

一场崭新的爱来自一声呐喊

重新激活我们，抓住我们。

如果说肉身的热量已经消失，

事物却在继续，

抗拒垂死的生命，

在无限处耸立。

我们曾经目睹的

与痛苦并肩飞翔的一切

在那里像在一个巢里，

而它的双目将我们合为一体

在一种新生的允诺中。

死亡并没有长高

尽管羊毛湿漉漉的，

幸福也未曾开始

倾听我们的存在，

草赤条条的，被践踏。

早起者的淡红色

## 早起者的淡红色

致亨利·马蒂埃

真理是个人的。

当心：不是所有人都配得上推心置腹。

拥抱从疲乏和汗水中浮现的那个人吧，他走近，对我说："我是来骗你的。"

啊，巨大的黑舵，在你走向死亡的途中，为什么总是你指出闪电？

## 1

朝阳的精神状态是喜悦的，尽管残酷的白昼，尽管黑夜的记忆。凝结的色块变成了晨曦的淡红色。

## 2

当我们必须醒来，我们首先到溪流里梳洗。最初的激奋和最初的寒战都属于自己。

## 3

接受你的机遇，抓住你的幸福，向着你的危险走去！它们将习惯于看到你。

## 4

在风暴的顶点，总是有一只鸟让我们放心。这是未知的鸟。它在飞走之前歌唱。

5

智慧不是凝结，而是，在共同的创造和本质中，找到我们的人数，我们的对应，我们的差别，我们的过程，我们的真实，以及作为荆棘和移动着的雾的一点点绝望。


6

走向本质：难道你不需要幼树来绿遍你的森林？


7

紧张是无声的。它的形象则不然。（我热爱那使我头昏目眩然后在我体内加深黑暗的东西。）


8

这个囚禁在一本书的四墙之内的世界，为了成为人的世界，承受着多大的痛苦！但愿它落到投机家和精神病患者的手里，他们会逼迫它比自身的运动前进得更快，为何看不到其中更多的不幸？勇敢地用魔法同这个命定战斗，从道路的翅翼，从一切存在的翅翼，从难以满足的跋涉的翅翼，这是早起者的使命。死亡不过是一场纯粹而完整的酣眠，连同指点并帮助它劈开变化之流水的征兆。对于你沉积的状态，你还有什么值得惊慌？别再把枝条当作树干，把根视同虚空了！这是一个小小的开端。


9

必须把点点火星吹成火焰。被焚毁的美丽眼睛使奉献臻于完美。


10

可怕的雌性动物，她携带着伤口里的狂怒和腹腔内垂死的寒冷，这一认知，从高贵的雄心出发，最终从我们的泪水和我们的烦恼中，找到它的尺度。别弄错了，噢你是最优秀的，她垂涎你的臂膀，窥视你的疏忽。

## 11

在任何使我们与我们的机遇、与我们的道德决裂的压力下，在任何使我们屈从于这一简化了的模式的压力下，那丝毫不欠人类却为我们着想的事物，激励我们："反抗、反抗、反抗……"

## 12

个人的冒险，滥用的冒险，我们黎明的公社。

## 13

征服和对征服的暂时维持，在我们前方，呻吟出我们的灾难，使我们的绝望感到狼狈。

## 14

我们有时具有这种特点：一边前进，一边摇摇晃晃。对我们来说，时间是轻飘飘的，土地是容易的，我们的脚小心翼翼地转弯。

## 15

当我们说：心（我们不无遗憾地说出），这是指共同而神秘的肉身覆盖下被煽动的那颗心，它每时每刻都可以停止跳动和顺从。

## 16

在你的大善和他们的小恶之间，染红了诗歌。

## 17

大群飞翔的昆虫，闪电，诅咒，同一山顶的三条斜线。

## 18

坚定地站在大地上，并且，怀着热爱，把手臂伸给你的支持者们未曾接受的果子，建设人们当作家园的房子，不求助于总是意外出差错的奠基石的支撑。这就是不幸。

19

你不必抱怨活得比垂死者更接近死亡。


20

我们似乎永远在世界开始和结束的途中出生。我们长大，公开而激烈地反抗那拖拽我们的和那支撑我们的。


21

尽可能不去模仿那些在谜一般的疾病中打死结的人。


22

死亡是可恨的，因为它把我们的五种感觉分开，然后又一起给予。在紧要关头，听觉会忽略它。


23

只在错误之上，我们从各个方面进行建造。这使得我们在每一次更新时都感到自己是幸福的。

## 24

当船只被吞没，它的小汽车在我们内部得救。它在我们的血泊中竖起桅杆。它崭新的急迫向往另一些固执的旅行。难道不是吗，你，大海上的一个瞎子？难道不是吗，你，在这片湛蓝中摇晃，噢向着最遥远的波涛驶去的悲伤？

## 25

我们是这样一些过客：誓死要经过，要抛下烦恼，要经受我们的激烈，要说出我们深沉的感情。这就是为什么我们要介入！这就是为什么我们是不合时宜并且非同寻常的！我们的羽饰什么都不是。我们的有用反过来攻击主人。

## 26

我可以因我自己绝望，却把希望寄托在你们身上。我跌进我的闪电中，而我们都目睹过的死亡，你们不会标出它，墙上的蕨，我臂弯里的散步者。

27

最后，如果你想毁坏，但愿你能用婚姻的工具。

## 他们是有特权的……

他们是有特权的，太阳和风足以使他们发疯。他们足以去劫掠！

## 为什么投降？

啊！会合，我们的翅膀并肩飞翔

蓝天是忠于它们的。

但是，什么东西仍在我们之上闪耀？


我们的胆量那濒死的反光。

一旦我们穿越了它，

我们将不再让大地痛苦：

我们彼此凝视。

## 整个一生

必须凸现的整个一生

给伤者致命的一击。

这是武器，

   无，

你，我，可以回溯的

    这本书，

轮到你了

你也将变成谜语

在沙子苦涩的任性中。

群岛上的谈话

**1952—1960**

情书

# 情书

你生命的每一处都把整个的我带向她，用爱的不可思议的力量。

蒙特威尔第,《情书》

根本的时间，痛苦的年头……自然的权利！它们再次将存在的意义赋予历代备受称赞的杰作。

我珍爱你。那不信任女人的雄心勃勃者将早早陷入匮乏，像大胡蜂同它越来越狭窄的灵巧搏斗。我珍爱你，在死亡那笨重的平底船偏航时。

"曾经，被祝福的世界，就像爱神的月份，照亮我生命的骨架，她肚子的海螺：我永远会把它们弄混。曾经，在我的忧心时刻，她改变我那模糊反常的命运小径，把它变成一条幻日之路，为情人世界那短暂的极乐。"

心，突然落空，荒漠的客人变成吉祥的心，几乎清晰可读，长大的心，那顶王冠。

……早晨，我的烧退了。我的头脑重又清闲，像搁在你形象果园里的一块岩石。昨天从北方刮来的风，让众树受损的腰摇摇晃晃。

我感觉此地欠你一个不甚多疑的激动，一些与以前不同的不因循守旧的眼睛。你走了，但仍留在时局的转变中，因为他和我，我们感到痛苦。为了在我的思绪中让你放心，我与可能的来访者决裂，与工作和矛盾决裂。我歇息，像你确信我该做的那样。我经常去山上睡觉。正是在有益身心的自然的帮助下，我得以摆脱扎入肉中的刺，以往的意外，激烈的竞赛。

你能接受一个倚靠着你、这么气喘吁吁的男人？

众月亮和夜，你们是一匹黑狼，村庄，在我的爱的守护下。

"仔细观察你的眼皮"，妈妈跟我说，一边俯身于临睡前的小学生。我瞥见一颗小石子飞起，时而懒散，时而刺耳，一颗为了在草丛中变绿的鹅卵石。我哭了，我在灵魂里想拥有它，并且只在那儿。


失眠之歌：

"爱在呼唤，爱人会到来，

夏日的格洛莉亚，噢果子！

太阳之箭将穿越她的嘴唇，

赤裸的三叶草将在她的肉身上卷曲，

细密画就像鸢尾花、兰花，

欢乐草原最古老的礼物，

瀑布注入它，嘴解放它。"


我渴望隐入一座森林，草木在我们的身后闭合并熄灭。成倍的有百年历史的森林，但它有待播种。在它短暂的生命中，伴着海绵采集者的手从火边经过，这是忧伤。"两颗火花，是你的祖母们"，时间的女低音嘲笑着，毫不怜悯。

我的赞美在你前额的卷发堆上盘旋，像一只尖喙的鹰。


　　秋天！公园数着它各不相同的树。这一棵，一直是橙黄色；那一棵，遮住了道路，一团荆棘。知更鸟到了，它是乡间好心的弦乐器工匠。它的一滴滴歌声洒落在窗子的方玻璃上。在绿草丛中，昆虫的奇异的谋杀颤抖着。听吧，但听不见。


　　有时我想象，溺毙在一个没有一艘船会去冒险的池塘水面会是好的。然后，在一道真正的湍急水流中复活，你的色彩冒出水泡。


　　必须撕裂包围这座城市的东西，你就困在城中。风，风，它环绕树干，掠过茅屋。


　　我抬眼望向你房间的窗口。你掳走一切了吗？融化在我眼皮上的，只是一片雪花。丑陋的季节，我们感到遗憾，我们规划，因此我们萎靡不振。

我闻着的空气，永远令大多数生灵感到欠缺，如果它穿越你，会有一场挥霍和闪光的娱乐。

我与你开怀大笑。这是唯一的机会。

到处是缺席，我们到处庆祝一位缺席者。

唯有在我的爱的空间和自由中，我才能存在，才愿意活下去。我们并不都是投降的产物，也不是更令人沮丧的奴役的动机。我们同样一个一个狡黠地发动游击战，无可指责。

你是快乐，每个波浪都和它后续的波浪分开。最终，所有浪头一齐充实。这是自我确立、自我发明的大海。你是快乐，痉挛的珊瑚。

在城市的大街上闲逛，谁没有梦想过，不再从话语出发而是从意愿开始的那样一个世界？

我们的话语缓慢地抵达我们，就像它们分散着，一股足以在整个冬季封存的元气；或者更好，就像在无声的距离的每一端，瞄准目标，它们被禁止往前冲，禁止彼此会合。我们的声音从一个奔向另一个；但每一条大街，每一个葡萄架，每一丛矮树，都把它拽向自己，挽留它，询问它。一切都是让它放慢速度的借口。

经常，我只是为你而言说，为了让土地遗忘我。

大风之后，总是格外晴朗，尽管大自然的痛苦继续。

我刚刚回来。我走了很久。你是连绵不断的。我生火。我坐在万灵药的椅子上。在荒蛮的火焰的皱褶里，我的疲惫攀升。亲切的变形与致命的变形相互交替。

外面，无痛苦的白昼步履艰难，柳树的细枝放弃鞭打白昼。更高处，大树的尺度被群狗的狂吠和猎人的喊声撕裂。

我们众人的方舟，非常完备，在它挂满彩旗的时刻遇难。在它的碎片和灰尘中，长着新生儿头颅的人重又出现。已经是半液体，半开花。

大地吼叫，交尾的夜间。一个枯枝的阴谋无法实现。

如果大地上只剩下我们，我的爱，我们将没有同谋和同盟。天真的先驱者或迟钝的幸存者。

生命的练习，几场没有结局但主题有效的战斗，教会我从天空的视角看待人类本身，天空的暴风雨之蓝对人类最有益。

一整张嘴，还有对胜于光的某物的饥饿（更呈凹形并抓得更紧），爆发了。

那在快乐顶峰守夜的人与太阳是同等的，正如他与夜晚同等。那守夜人没有翅膀，他无法追随。

我稍稍打开我们的房门。那里躺着我们的游戏。由你亲手摆放。今天早上，变硬的纹章像樱桃蜂蜜。

我的流亡被围困在冰雹内。我的流亡登上它耐心的高塔。为什么天空弓着背？

这是一块块小田地，罕见的灵魂在那里骤然狂喜。周围只是冷漠的空间。从结冰的地面，她起身，歌声般铺开她的裘皮大衣，为了保护那让她震撼之物，用寒冷的目光脱下它。

为什么伤口之地在所有田野中最繁盛？目光衰老的人们，曾经获得一种刺穿天穹的命令，听到消息时毫无惊异。

恶的刃磨工，我痛苦于听到你道路的泉水被暴风雨的苹果分享。

一朵钟形花在你半睡的青苔斜坡上叮叮当当，我迂回的天使。细小的砾石路面是长空的潮湿的反面，无畏的无舞者的树丛。

栅栏上，你吐白沫的马嘴在休息，想法阴暗的母马，你的奔跑早已结束。

思想的这个冬季，操心唯一的一个生命，缺席使劲把它放在仿制和超现实的中间。

耸立在勇气的浪头之上，这是不简单的，当我们用目光追随日暮时飞翔着的某一只鸟。

我不会把孤独混同于沙漠的里拉琴。今晚包围你耳朵的这朵云，不属于令人厌倦的雪，而属于从春天劫持来的浪花。

有两朵黄色鸢尾花在索尔格河的绿水中。如果水流掳走它们，那是因为它们已被斩首。

我滑稽的贪婪，我冰冷的愿望：抓紧你的头，像深渊边缘的一只猛禽。我屡次在悬崖的雨中抓住你，如同头戴风帽的一只鹰隼。

这仍是现实世界的行进，暗淡的前景，男人们的身影在抢掠和争执中指手画脚。有几个身影，作为补偿，控制收获之火，与云彩相一致。

谢谢，成为鸢尾花，从未破碎，我的庄严之花。你在水边哺育奇异的温情，你不压迫你守护着的水流，你熄灭时间不再行动的伤口，你不通向令人沮丧的房屋，你允诺所有反光的窗口只显现一张激情的脸，你在自由的绿色大街上陪伴日子返回。

在无主的土地上

1. IRIS.（1）古希腊神话中一位神的名字，诸神之间的信使。她展开披肩，升起彩虹。

（2）女性的名字，诗人们用来示意所爱的女人，或者是人们意欲隐匿其名的某位女性。

（3）小星球。

2. IRIS. 一种蝴蝶的专称，蛹灰色，又名大蛱蝶。预示阴郁的访者。

3. IRIS. 蓝眼睛，黑眼睛，绿眼睛，意指瞳孔有蓝的、黑的、绿的。

4. IRIS. 植物。溪流中的黄色鸢尾花。

……复数的鸢尾花，情欲的鸢尾花，情书的鸢尾花。

岩壁和草原

拉斯科洞穴

# 1

## 已死的鸟人和濒死的野牛

修长的身躯曾有过挑剔的热情，

如今垂挂成受伤的野蛮人。


噢，被铁石心肠地杀死！

被全能之物所杀，和解的全能之物，濒临死亡；

它，深渊的舞者，精神，永远有待诞生，

魔法的恶鸟与恶果被残酷地拯救。

## 2

### 黑色的雄鹿

众水同天空的耳朵说话。

雄鹿，你们跨越了千年空间，

从岩石的黑暗到空气的抚摸。


猎人追击你们，天才看见你们，

我热爱它们的激情，从我宽阔的岸上！

假如我有它们的眼睛，在我希望的那个瞬间？


## 3

### 未被命名的野兽

未被命名的野兽截住优雅的羊群的步伐，像一个
独眼巨人狼吞虎咽。

八种嘲讽装扮它，分散它的疯狂。

动物在乡野的空气中虔诚地打嗝。

它满满的下坠的肚腹是痛苦的，将在分娩后排空。

从它的蹄到徒然的抵抗，它被恶臭所裹挟。


就这样在拉斯科的檐壁上为我显现，伪装得妙不可言的母兽。

智慧女神眼中噙满泪水。


# 4

## 鬃毛轻柔的幼马


你真美，春天，马，

用你的鬃毛给天空穿好多孔，

用白沫覆盖芦苇丛！

整个爱都在你的胸部：

从非洲的白色妇人

到镜中的玛德莱娜，

战斗的偶像，沉思的恩惠。

**冻僵**

这从未固定的部分，在沉睡的我们身上，从哪里会迸出多元的明天？

驯鹿的年龄，也就是说呼吸的年龄。噢玻璃，噢霜，被征服的自然，里面开着花，外面遭毁坏！

无忧无虑，我们正是在激发并抵制自然和人。但是，恐惧，在我们的头顶，太阳走进它那些敌手的符号。

反抗世俗残暴的斗争，唉，长翅膀的蚂蚁的心愿。它会不会是我们的一笔新债？

几捆打结的柴火对着冬日的太阳，我的火焰对着墙。

大地，我沉睡其中，空间，我从中醒来，当你们不复存在，谁会到来？（我将变成什么，对我来说是一种几乎无限的温暖。）

## 四种迷人的动物

## 1

## 公牛

你死时，夜不再降临，

被嘶喊着的黑暗所包围，

太阳在两个相似的尖点上。

爱的猛兽，剑中的真理，

互相刺杀的一对在众人中独一无二。

## 2

### 鳟鱼

身穿华服的河岸坍塌

为了填满整面镜子，

小船深陷在砾石堆中，

被水流挤压，翘起，

草，草永远拉长，

草，草从不暂停，

你的造物将变成什么？

在透明的暴风雨中——

你的心将造物抛弃的地方？

## 3

### 蛇

逆向的王子，训练我的爱

使它转身向主，我恨他只有

不安的压抑或豪华的希望。


你颜色的反面，温厚的蛇，

在树林的覆盖下，在每一间屋子。

通过那把光和恐惧融为一体的关系，

你假装逃跑，噢边缘的蛇！


# 4

## 云雀


天空绝对的炭，白昼最初的激情，

它镶嵌在清晨，歌唱起伏的大地，

是掌控自己的呼吸、自由选择道路的钟。


太迷人了！人们赞叹着，射杀它。

## 细心者

　　洪水越涨越高。旷野、斜坡、散落的小树被封闭在水洼中，有几处水洼连成湖泊。一只云雀在分外灰暗的天色里歌唱。水泡此起彼伏，撕碎湖水表面，除了某只微型啮类动物或蛇泅水逃脱。道路尚未受损。一座村庄的周边显现出来。下定决心，我们快乐前行。在我们的漫游中曾经有好天气。我走在"你"和曾是你的那位"他者"之间。我的每一只手都握紧你裸露的乳房。待在自家门口，或者忙于一些木工活儿的村民，友好地问候我们。我的手指藏起你的奇迹。他们因此感到震惊吗？你们中的一位，停下脚步，为了闲聊和微笑。我们继续。我的右手边是大自然，前面是路。远处一头牛，在路中央，走在我们前面。牛角的里拉琴，好像在颤抖。我爱你。但我责备途中逗留的那个她，在房屋的居民们中间，她显得过于亲近。当然，她在我们中间只能象征你发育迟缓的童年。我承认事实，村里的学校，受过战争锻炼的社群与危险一同等待时机，这挽留了她。甚至包括洪水的危险。现在我们走到古树和孤独记忆的边缘。我想探问你永恒的、可爱的名字，我的灵魂曾将它遗忘："我是细心者。"深水之美让我们安睡。

两年间的诗

# 树 枝 壁 垒

## 在算好的日子里，向着兄弟之树

落叶松的简短竖琴，

在苔藓和萌芽的石板的马刺上

——森林的立面碰碎云朵——

我所相信的虚无之对位法。

## 树枝壁垒

诗歌的意图是，让我们独立自主，同时去个人化；幸亏有诗篇，我们触及那被个体的吹嘘所勾勒和扭曲的完整。

诗篇是不会腐败的存在的尽头，我们把它们掷向死亡那令人厌恶的嘴脸，但掷得足够高，为了弹回时它们能坠入统一的命名的世界。

我们已经迷失，没有梦。但我们的手中永远有一支蜡烛起舞。我们进入的阴影，因此是不停缩短的我们未来的睡眠。

当我们能借助自然的梯子攀向某座启蒙的顶峰，我们把下面的阶梯留在身后；但当我们往下退时，我们同顶峰的所有阶梯一起滑落。我们把这个尖顶藏进我们最珍贵、守得最牢的宝库里，在最后一级阶梯之下，但赢得了更多成果和财富，比我们冒险从颤抖的梯子那端赢得的还要多。

不要寻找大海的界限。你拥有它们。这些界限在你生命蒸发之际已经给了你。情感，你知道，是物质的孩子，是孩子那令人赞叹的极其微妙的目光。

小伙子，比起凶手作家死气沉沉的墨水，你应该更喜欢女人的露水，她们反复无常的残酷，你们的暴力和你们的爱能回击它。你们倒不如像肌肉发达、敏捷的鱼儿一样，在瀑布中坚持不动。

我们活着，贴紧一口钟的胸膛。这口钟心慌意乱，目睹太阳奔跑的开始和结束。但这口钟让时间弯曲，把我们同大地联结；这是我们的成就。

如果暴风雨持续冲击我的海岸，我的长浪是深邃的，复杂的，诱人的。对于结束，我一无所求。我愿意在不平衡的两个空间中作 S 形滑行。然而，我的方位标是铅制的，不是软木的，我的足迹是盐，不是烟雾。

摆脱在屈从和精神错乱之间做出选择的羞耻困境，闪避暴君的斧子不停歇的砍斫，我们无从抵御那斧子，尽管同它不懈搏斗，这就是我们正当的角色、目的地和我们不断调整的身体姿态。我们必须跨过最糟的围篱，冲向危险，去那边猎杀，把不公正削成碎片，最终消失，随身不带多余物品。除了给予或听见一声微弱的谢谢，别无其他。

如何设想怀抱大地，表达世界，设想谁为不能虚情假意地在皮提亚[1]身边探听他们的命运而顿足。


我信**他**：他不存在。

我不再把自己带给他：他存在吗？

一切前行的原则，一切超脱的原则。敞开的料峭之夜！噢否认的锁链的尽头。


（探寻一种伟大的存在，难道只是当下的手指堵压在自由未来上的那一点压力吗？未被触及的明天是广阔的。那边是神圣的，我们的锁链的碰撞不再回响。）


这些生命，似乎被黎明用它们的痛苦洗涤过，似乎拥有一份崭新的健康，一种崭新的纯真，在两小时后被打碎，被消灭……这些亲爱的生命，我感觉到它们的那只手。

---

[1] 皮提亚，古希腊德尔斐神庙女祭司，以传达阿波罗的神谕而闻名，被认为能预知未来。

王宫的壁炉同茅屋的灶膛一样冒着烟，自从国王的头颅被置于柴架之上，自从人民代表的鞋底天真地在极端的木柴上取暖，木柴不会自己烧光，尽管它头脑欠缺，尽管那些人感到恐惧，国王的头颅因为他们而被送上断头台。在统治我们的诸多幻象之间，也许我们还会看见这些幻象，按自然的秩序称呼它们，神圣事物的某个侧面减弱它们，而它们以内行的目光来看是最知羞耻地被掩盖的。但以前的例证已经让这一幻影失效，还必须等待，因为它在被毒品浸湿的灵薄狱中，既无活力，也无善意。财产重新成为人之外的非个人的无限，贪婪只是每个明天将会吸收的一场阶段性发烧。但整座墙基有待重新发明。需要重新抓住被毁坏的生命，依次用夕阳的全部金光和觉醒的诺言。向那被仅有一日的夏天增强的忧伤致敬，向狂热的正午致敬，向死亡致敬。

　　依次，茂盛的山丘，孤僻的岩石，轻便的藏身处，这就是人，让人困惑的美丽的人。

他一消失，影子的优雅继他而来。谜语不再羞得脸红。

注。——我们不再照镜子。整个问题在于，一瞬间，知道死亡是否给一切画上了句号。但也许我们的心只被那从未给出的答案所塑造？

而精心操控的能力呢？谁将是你的读者？某人被你的思辨武装，却又被你的笔宣判无罪的人。这闲散者，支着肘？这凶手仍无目标？只要你能，就当心你写的那些话吧，尽管它们相距甚远。

## 无害的人

太阳落山时，我哭泣着，因为它使我再也看不见你，因为我不知道怎样对付夜里的敌手。虽然太阳在低处，并且不再燃烧，但阻拦它的下沉，中止它的自然轮回，把渴念寄托在它垂死的光上，却是不可能的。太阳走了，你消失在它的黑暗中，像河床的淤泥泛入从冲毁的陡峭河岸倾泻的洪水里面。各种弹簧的坚韧和柔软有着类似的结果。我不再接受你话语的赞歌；突然，你不再完整地显现在我身边；我手握的不是你手腕紧张不安的纺锤，而是不论哪棵枯树那已被锯断的空心枝干。我们不再给事物命名，除了给战栗：天黑了。在燃起的烟火看来，我是一个瞎子。

确实，我只哭泣过一次。下沉的太阳抹去了你的面孔。你的头颅滚过天空的大坑，我不再相信明天。

　　属于早晨的人是谁？属于黑暗的人是谁？

## 致命的对手

致莫里斯·布朗肖

他藐视对手，直掏其心，像一位缝边、有翼、强悍的拳击手，两条腿踞于攻和守的几何中心。他用目光压制对手的能力，迫其后退，抱头在自身的经验和愉悦的天真之间。在争斗的白色场地上，两人已忘掉无情的观众。六月的空气中飘飞着夏季头一天的花朵名字。最后一个轻松的鬼脸掠过另一位的脸颊，一条红色线条勾勒出来。回击爆发得直接有效。腿弯突然像布料抻直，那人发飘，趔趄。但对面的拳头没有乘胜连续攻击，放弃下结论。现在两位斗士的脑袋轻轻

176

摇动，彼此相抵。此刻第一位该是故意贴着第二位的耳朵说了极其冒犯、恰如其分或神秘莫测的话，以至于后者突然抽出一记雷霆，疾速，完全，准确，将那蒙在鼓里的对手击倒。

有些生命拥有一种我们欠缺的意义。他们是谁？他们的秘密包藏在生命自身奥秘的最深处。他们彼此接近。生命将他们杀死。但他们用一声低语唤醒的未来，猜想他们，创造他们。噢极端之爱的迷宫！

## 玫瑰的额头

尽管漫长假期的房间开着窗户，玫瑰的芳香仍同曾在那里的气息相连。我们又一次缺乏先前的经验，作为新来者，为之迷醉。玫瑰！它的花径甚至揭露了死亡的放肆。没有一道栅栏反对。欲望重又激起，额头的疼痛烟消云散。

那走在雨中大地上的人，根本不用惧怕刺，在完结之地，或在敌意之地。但是，如果他停步，冥想，他是多么不幸啊！被伤到了要害，在灰烬中飞翔，他是被美击中的弓箭手。

一对发辫

## 孚日山的茅屋

美，我的正前方，沿着如此迟钝的路，

在灯盏和勇气结束的阶段，

愿我结成冰，愿你是我十二月的妻子。

我未来的生命，是你熟睡时的脸。


1939 年

### 在达博的掌心上

走吧，我的吻，离开脆弱的居所，

你的爱已被找回，一棵桦树把它递给你。

夏日的树脂和冬天的雪

提防着。


1953 年夏

## 阿尔萨斯的小皮埃尔的高烧

我们行进在森林被映红的开阔地上，像船头冲开波浪，夜间涌起的浪头，如今用于毁坏和爆炸的合谋。在这堵野蛮的隔墙后，在这天花板的另一边，一位缄默、热情、声音洪亮的人的藏身处，存在一片天空吗？

村庄显身之时，我们看见它，懒散夜晚和黎明的大房子，停泊着的等待我们上船的大帆船。

顽强的跳跃，坚定的步伐，我们既是过路者，又是变化无常的大海的主帆，无休止地与船只航线搏斗。你教导我们，林下的灌木丛。致命的火瞬间穿越。

## 路过里昂

我会取道离贝尔库广场最远的那座桥前来，为了留给你率先到达的快乐。你会把我引到窗口，你的目光在那里游弋，你的好感自窗口潜入，当你的自由将它的光与流星之光交换时，你的光留下了，而它们的光失落。凭我的梦想，我的战争，我的亲吻，在那棵复活的桑树下，在棉纺厂的暂歇中，我会努力隔绝你对以前的知识的征服，这知识与我的不同。愿未来用另一些不同的觊觎者锻炼你，我在此让步，但这是为了唯一的杰作。

她命运的过剩火焰，时而减少我，时而补足我，你们突然在我身边出现，海豚，蝾螈，我绝不跟随你们。

## 在一座罗马教堂的门楣上

这接纳上帝弃儿的房屋
脊背狭窄，石条青蓝。


啊！贪图影子的绝望，
永远被追逐
在它的爱和枯骨中。


隐秘落泪的真理，
陋室里出价最高的那个！

混乱的边缘

所有的手放在一块石头上，
紫红的手，驯服的手，
为了两种渗出的力量。


一只只手，在壮丽的天气里，与拱门在同一时刻
被天空建造；
一个雾夜，沼泽的鸢尾花香从它们身边
向我的沉重伸出的一只只手。


巴黎，罗丹美术馆

184

## 小蝰蛇

它贴着卵石的青苔滑落，像白天透过百叶窗眨眼。一滴水给它戴上帽子，两根细枝条替它穿衣。灵魂为一角地头和一方黄杨木担忧，同时，小蝰蛇有它遭诅咒的斜斜的牙。它的对面，它的敌手，正是清晨，它摸过棉被，并对沉睡者的手微笑，然后，它伸出舌叉，蹿向房间的天花板。太阳，第二个到来，用一瓣贪吃的嘴唇把它变得更美。

小蝰蛇在九死之后将保持僵冷，因为它不属于任何一个教区，在所有教区前，它是凶手。

# 朱砂

答一位画家

愿她来，情人，到你倾斜的台阶上，

或者让她呼唤树林中的雾；

愿她在房间里被告知，被追随，

方砖的夫人，未被察觉的烟火；

她的手劈开大海，抚摸你的手指，

移动夏日不变的界石。


暴风雨和夜令她歌唱，我听见了，

在你的铁墙中那块阿格里让托小石子。

地下水勘探者，多么令人气恼——

不能从他的狭小地窖中引出

泉水，我们的地盘！

## 嘟哝

　　为了不投降却又让我在那里，我攻击你，但我是多么钟情于你，狼，人们错误地说狼是阴森可怕的，充满我腹地的秘密。是在一堆传奇的爱情里，你让鞋拔一尘不染，用你的指甲追逐它。狼，我唤你，但你没有可被命名的真实。此外，你是不可理解的。未出庭的一方，补偿性的，我知道什么？在你无鬃毛的奔跑后面，我流血，我哭泣，我惊恐地抱紧自己，我遗忘，我在树下大笑。无情的围猎，我们在那里肉搏，在一切都付诸行动之处，追捕那双重猎物：不可见的你和活生生的我。

继续吧，去吧，我们一起存在；而在一起，尽管也互相分离。我们跃过极端失望的战栗，为了打破活水的冰，并在那里相认。

## 危险和钟摆

你煽动着，你从盛开的花朵和走钢丝人中间走过，愿你成为那个人——蝴蝶会为他在途中触摸花朵。

在波涛的心停住的一瞬，同它待在一起。你将看到。

同样，敏感于枝丫的黏液。

在忘却和熟练掌握之间，不再选择。

在你枝条的风中，你能保住那些最重要的朋友。


边地的蜜蜂，它运送语言，越过仇恨和埋伏，在一朵云的短暂停留中，将产下蜜。


夜不再惊讶于被拉上的百叶窗。


一粒灰尘落在忙着写诗的手上，把诗篇和手双双击倒。

## 为了重归于好

突然，我们同某种东西挨得太近，它一直与我们保持着一段有神效、测量过的距离。从那时起，就是折磨。我们的靠枕没了。

感受到某种美的坚实又无力的部分，而这美正在因他人的错误而死去，这是不可忍受的。在她的心中是坚实的，她精神的行动却无能为力。

如果我显现于你的和我给予你的，在你看来要少于我向你隐藏的，那我的天平是可怜的，我的麦穗没有德行。

你是我过于敞开的脸上那黑暗的祭坛，诗篇。我的辉煌和我的痛苦滑入两者之间。

扔下那丑陋地积聚起来的存在，找回那在开端处就热爱它的目光，把它铺展到底部。我接下来要去经历的，就在这冲锋中，这战栗里。

## 埃普塔河的树林

那一天我只是两条腿在走路。

同样，目光干涩，脸的中央空空，

我开始跟随小山谷的溪流。

低矮的奔跑者，在我永远向前伸展的笨拙中。

这淡泊的隐士并不干预


来自从前火灾遗下的废墟的角墙，

满怀温柔、坚贞意志的两朵野玫瑰

突然跳进灰色的水中。

它被猜中，像逝去的生灵的一次交易，在预告的

前夕。

一朵玫瑰沙哑的肉红色，拍着水，

用问题的沉醉复活天空原初的面孔，

并在爱情的话语中唤醒大地，

把我推进未来，像一种饥饿而狂怒的工具。


埃普塔河的树林在远处开始拐弯。

但我并没有穿越它，这复兴的

宝贵的粮食贩卖者！

在向后转的脚踵上，我嗅到草原的霉味，那铸造

着一头兽的草原，

我听见可怕的游蛇滑过；

对于每个人——别苛求我——我知道，我实现了

那些愿望。

## 闪电的胜利

鸟儿挖掘着大地，

蛇播种，

增强了的死亡

为收获鼓掌。


冥王星在空中！


我们身上的爆炸。

只在我体内。

又疯又聋，我怎样才能更好地成为它？

更多的第二自我，更多的变幻的脸，更多的季节
给火焰，更多的季节给阴影。

伴着缓慢的雪，麻风病人降临。

突然，爱，恐怖的对等物，
用一只从未露面的手扑灭火灾，扶起太阳，重建
情人。

无物宣告这一如此强悍的存在。

## 空间中的房间

　　这就是树枝的歌，当暴风雨逼近——空气中撒满雨和重返的太阳的粉末——我浅浅地醒来，我飞升着融化；我收获未成熟的天空。

　　靠着你躺下，我移动你的自由。我是祈求着花朵的一块泥土。

　　难道劈开的喉咙比你的喉咙更绚丽？要求即死。

　　你叹息的翅膀把一根绒毛放在叶片上。我爱的箭矢闭合你的果子，渴饮它。

我在你脸庞的恩惠中，我的黑暗用欢乐盖住它。

你的喊叫多么美，它把你的寂静给了我！

## 潮汐的关系

　　土地和天空难道放弃了它们季节性的仙景，放弃了它们难以捉摸的长谈？难道它们相互臣服了？似乎，它们都不再拥有给自己的计划、给我们的幸福。

　　一根树枝在灯盏的金黄色话语中醒来，一根在乏味的水中的树枝，一根没有未来的枝杈。目光抓住了它，远行。然后，再一次，一切枯萎，等待，摇晃并受苦。鼠尾草假装死了。但是，这一次，我们不再一起上路。

　　亲爱的，你在我的门后吗？

## 邀请

我呼唤被夏日的镰刀碾过并追踪的恋人们，在夜里，他们用自己白色的闲散令空气芳香四溢。

再没有噩梦，温柔的持续的失眠。再没有嫌恶。只剩下一场舞会的休息时间，舞会的入口在天空的层云中到处都是。

我先于泉水的吵嚷声，来听石匠的终曲。

在我的诗琴上，一位死者比一千年更沉重。

我呼唤恋人们。

## 为什么日子飞逝

诗人，在他生命的时间里，倚靠某棵树，或某片海、某个斜坡、某种色调的云、某一刹那——倘若情势使然。他并不跟他人的迷途交缠在一起。他的爱，他的紧握，他的幸福，在他没有去过的地方，在他永远不会去的地方，在他不认识的异乡人那里，都有其对应物。当人们在他面前提高嗓门，并迫使他接受固执的敬意，当人们为他借星宿占卜，他答道，他来自旁边的国度，来自刚刚被吞没的天空。

诗人赋予生命，然后奔向结局。

夜里，尽管他的脸颊笑出几个学徒的酒窝，这仍是一位彬彬有礼的过路人，为了在面包出炉时赶到那里而匆匆告别。

图书馆着火和其他诗

# 图书馆着火

给乔治·布拉克

通过炮筒的嘴，下起了雪。这是我们头颅中的地狱。同时，这是我们指端的春天。这是重新被允诺的步伐，热恋的土地，茂盛的草。

精神，像每一件事物，战栗了。

鹰，在未来。

每一次约束灵魂的行动——尽管灵魂对此一无所

知——都以遗憾或痛苦为结局。必须赞同这一点。

作品是怎么来的？就像冬天，一根羽毛落在我的窗玻璃上。马上，壁炉里升起了劈柴之战，至今尚未结束。

日常目光下的丝一般的城市，坐落在其他城市之间，在只有我们足迹的大道上，在闪电的翅翼下，闪电应和着我们的期望。

我们身上的一切，只该是一个欢快的节日，当我们料想不到的事物、我们未曾照亮的事物、要同我们的心交谈的事物，通过它们仅有的方式完成自身。

让我们继续投掷我们的探测器吧，让我们继续用平等的口气说话，通过被分类的词，我们最终迫使这群狗哑默，使它们同牧草混合，我们用冒烟的独眼相互监视，当牧场上的风抹去狗群的脊背。

闪电为我而持续。


只有与我相似的人，妻子或丈夫，能将我从昏沉中唤醒，掀起诗，把我抛给古老荒漠的尽头，让我去战胜。绝不是其他人。不是天空，不是幸运的土地，也不是让我们战栗的事物。

火炬，我只和他跳华尔兹。


人们不会这样开始一首诗：不带一丁点儿有关自身和世界的错误，在最初几句不带一丝一毫的天真无辜。


在诗中，每个字，或几乎每个字，必须在它原初的意义上被使用。有些字松动，成为多义的。遗忘症患者的字。**孤独者**的星座被铺开。


诗，从我身上盗走了我的死。

为什么是"化为灰烬的诗[1]"？因为驶向那国度的旅程结束时，在诞生前的黑暗和尘世的严酷之后，诗的完成就是光，是存在对生命的支撑。

诗人不牢记他所发现的；一经记录，消失在即。但其中有他的创新，他的无限，以及他的危险。

我的职业是一份尖端职业。

我们与人类一起诞生；我们死时，在诸神之间未曾得到安慰。

迎接种子的土地是忧郁的。面临艰难险阻的种子是幸福的。

有一种不幸，不像任何其他不幸。它在怠惰里闪

---

[1]《化为灰烬的诗》，夏尔于1947年出版的诗集。

烁，有着可爱的品质，构成一张令人安心的脸。但怎样的动力，闪过假象，怎样的直达终点的狂奔！可能，因为它叠起的影子是凶恶的，地域是纯粹秘密的，它躲避一种称号，总是及时溜走。它在某些有远见的天空的帆上，描绘那些相当可怕的抛物线。

书静止不动。但书灵巧地进入我们的日子，发出一声呻吟，开启一场场舞会。

如何说出我的自由，我的惊异，在千百次迂回后：没有底，没有极限。

有时，一匹马的年轻的剪影，一个孩子的遥远的剪影，侦察兵般驶向我的额头，跨过我担忧的横杆。于是，泉水在树下重又吟唱。

我们渴望，对爱我们的人的好奇心来说，我们能保持陌生。我们爱他们。

光有年龄。夜没有。但什么是这整个源泉的瞬间?

不需要悬挂的、好像覆盖着雪的好几个死者。只需一个,裹着细沙。而没有复活。

让我们停步在那些能够切断自己源泉的灵魂旁,尽管对它们来说,奥秘是很少的,几近于无。等待,在它们身上挖掘一种令人晕眩的失眠。美,为它们戴上花冠。

鸟群,把你们的纤弱,你们危险的睡眠,托付给一丛芦苇!寒冷来临,我们与你们多么相似!

我赞赏盛满的手,并且,赞赏那为了吻合,为了攥紧而拒绝顶针的手指。

我有时想,我们存在的水流很少能被抓住,因为我们不仅承受其变幻不定的性质，而且承受其四肢的简单运动，后者将我们带向我们乐于前往的地方，在被觊觎的岸边，遇见各式各样的爱，而不同的爱丰富着我们；这一运动从未完成，很快，它衰退为形象，像我们思想中球形的芳香。

渴望，渴望它知道，我们只有从一些带有隐形火焰和链索的真正的主权王国出发，才可从自身的黑暗中获益，这主权王国慢慢浮现，一步一步，让我们发出光。

美，独自造就它卓越的床，奇异地在众人间树立它的名誉，在众人旁边，但隔着距离。

让我们种下芦苇，让我们在山丘上，在我们精神的伤口边缘种植葡萄。残酷的手指，谨慎的手，这滑稽的地方是吉利的。

发明者，与发现者不同，仅仅给事物，仅仅给灵魂带来一些面具、一些间隙、一摊铁浆。

最终，整个一生，当我从你至深的爱的真实中扯掉温柔。

请靠近云朵。请守住工具。每一颗种子都被憎恨。

人们的善心，一些尖利的早晨。在狂热的云堆中，我飞升，我闭门不出，如同一只未被吞食的昆虫，追逐的同时也被追逐。

面对这些形体坚硬的水，青山上所有鲜花爆裂出一簇簇花束，散落着从中流过，时序女神们嫁给诸神。

清澈的太阳，我是它的藤。

## 花园里的伙伴

　　人不过是空中的一朵花，土地支撑它，星辰诅咒它，死亡渴念它；这一联盟的呼吸和阴影，有时，促使他生长。


我们的友谊是太阳钟爱的白云。


　　我们的友谊是一块自由的树皮。它从不脱离我们心灵的英勇行为。


　　在精神留住了根、繁殖并得到照料的地方，我诞生。在人类的童年开始的地方，我爱。

二十世纪：人在最低处。妇女们大放异彩，迅速奔走，处在只有我们的眼睛才能抵达的突出位置上。

我联结着一朵玫瑰。

我们是不能被统治的。对于我们，只有一位慈悲的主人，那就是**闪电**，它时而照彻我们，时而攻击我们。

闪电和玫瑰，在我们身上，在短暂的闪现里，为了完成我们，增长着。

我是你手中的草，我少年的金字塔。我爱你，在你一千朵开了又合拢的花里。

把花的深沉的怒放赐予那嫩蕾，把未来留给它。你坚定的回首的目光能做到这一点。这样，霜冻毁不坏它。

不能让人把我们内含的本质的那部分从我们身上拿走。不要丢掉本质的一草一木，不要散失本质的一沙一石。

收获者走后，在法兰西岛屿的高原上，这颗从大地中挖出的磨制的细小火石，刚刚在我们手里，就从我们的记忆中唤出一个同等的核，相信我们吧，是一颗永不变质、永不消失的曙光的核；只有崇高的淡红色和扬起的面孔。

他们的罪：一场狂犬病，企图教会我们鄙视我们身上的神。

未来举起的，是那些悲观者。他们在有生之年看到他们的忧虑化为现实。然而，收获过后，枝蔓之上，葡萄藤卷成环状；而四季的孩子，并不按通常的方式聚拢，他们在浪涛边飞快地加固着沙子。这些，悲观者们也瞧见了。

啊！用另一种方式起身的能力。

说吧，我们的所是会让我们喷吐出花束吗？

诗人应该留下他征途的足迹，而不是证据。只有足迹使人梦想。

活着，莫非是要执意完成一种记忆？死，莫非是意味着，不在任何地方活着？

有时，真实能为希望止渴，这就是为什么，出乎意料的是，希望活了下来。

用他的影子触摸一堆肥料，我们的肋部隐藏着这么多恶，隐藏着充满疯狂思想的心；但是，在自己身上有一种神圣之物。

当我做梦时，当我前行时，当我抓住那无法表达的东西时，我醒悟，我跪下。

历史不过是主宰者们的行动的失败。同时，也是四趾猎狗在此捕杀和蝰蛇在此擦击的恐惧的大地。时间和人类社会看见了痛苦，伴随上升着的胜利。

闪光并向前冲——迅疾的刀，缓慢的星球。

在我们感觉到的宇宙的爆炸中，奇迹！骤然坠落的碎片是鲜活的！

我的整个大地，像一只在永恒之树上变成果实的鸟，我属于你。

你们的冬天要求于我们的，是从风中夺走没有风就只能成为碎屑和痛苦的东西。你们的冬天要求于我的，是为你们的滋味做准备：这滋味等同于果实的文明在它长出翅翼的丰满中所歌唱的滋味。

我将死时，能安慰我的，是我将在这里——解体
的，丑陋的——把自己视为诗篇。

我的里拉琴不该猜测我，愿我的诗行处于我本来
能写成的那个样子。

这个生命的瑰丽之处：任何源泉，在他身上，催
生一条溪流。同他最少的馈赠一起，一场鸽子的大雨
降下。

在我们的花园里，森林准备着。

自由的鸟无法容忍人们凝视它们。让我们待在它
们旁边，默默无闻，保持忘我。

噢仍然幸存，总是更好！

## 四月时节的恩惠

### 给一个小女孩

埃莱娜，

摇篮慢悠悠，马匹温柔，

你好！我的旅店是你的。


你的热情多么灵巧！

它会迂回地触及我的心，

孩子，溪流的宠儿，梦者的宠儿，

埃莱娜！埃莱娜！

但是，用四种方式爱你的季节

想让你做什么？

要你的美，这束光，

进入并经过每一座房屋？

或者，要那永恒的大月亮

牵起你的手，环抱你的手，

直到满足你所期待的爱？


## 沙镇的过路者


发绺，从外表来看，

话语的单纯欲望；

噢！用庄严的嘴戏弄着

脖子的领地

点燃的柴房

在主宰的额头之下。


我真想学会骗你

像燃烧的木头欺骗灰烬，

发绺，在瞬间的剧场里

你飞舞着却听不见我。


## 墓志铭


在散乱的痛苦中被鸟啄走，

并被托付给森林，为一份爱的劳作。


## 被击中的树


广阔的闪电和亲吻的火

会用矗立的暴风雨让我的坟冢迷醉。

## 致维埃哈·达·西尔伐的九次感谢

### 1

### 官殿和房屋

巴黎今天建成了。我将生活在里面。我的臂膀不再把我的灵魂抢向远方。我属于。

### 2

### 在空中

太阳低低地飞翔，和鸟飞得一样低。夜将它们一起熄灭。我爱它们。

# 3

## 是她

低低的夜晚的土地，缠绕的土地。

\*

夜，我的叶子，我的耕地。

# 4

## 栅栏

我不是单独的，因为我是被抛弃的。我单独，因为我就是单独的，小园圃隔墙间的杏仁。

## 5

## 众神归来

众神归来了，伙伴们。他们在渗入这种生活的瞬间到来；但是，撤销的话语，在铺展开来的话语下重现，它也一起，为了使我们遭受痛苦而重现。

## 6

## 阿尔蒂纳在回声中

我们奢华的纠缠在银河的体内，峰顶的房间是为我们在别处的夜里感到寒冷的夫妇准备的。

## 7

## 每天直到末日的催眠曲

很多次，很多很多次，

那个人睡着了，他的身体唤醒他；

然后有一次，唯一的一次，

那个人睡着了，丢掉了他的身体。


## 8

### 给我的


我触摸空阔，我能点燃它。我抓住我的宽度，我知道如何铺展它。但假如没有你忌妒的蜂群，欲望又有何用？失了草原的色调，金花蕾也黯淡无光。

当你突然出现时，我的手向你请求，我的手，生机勃勃的小魔鬼。但是，除了你之外，是怎样的美？……怎样的美？


## 9

### 芦苇里的莺


暴露在猎枪瞳孔中的树不是一棵适合它的翅膀的树。好动的人被告知：必须默不作声地经过那棵树。

突然被咬住的柳条即刻被逃亡者的爪子松开。但在它停落的芦苇丛里，怎样的咏叹调！正是在这里，它歌唱。全世界都知晓。

夏日，河流，空间，秘密的情郎，完整的水月亮，莺重复着："自由，自由，自由，自由……"

## 死亡的剩余和莫扎特

清晨，仅有的一次，荒寂、古老的玫瑰色云朵掠过遥远的眼睛，在它自由缓慢的优雅中；然后是寒冷，巨大的占领者，然后是**时间**，它没有地点。

在他双唇的长度上，在共有的大地中，突然，快板，这神圣渣滓的挑战，穿透生者并回流到他们那里，涌向哀悼内心家园的全体男人和女人，他们为了不再相似而流浪，通过莫扎特来秘密地互相考验。

——亲爱的，当你大声做梦，偶然喊出我的名字，战胜我们共有的惊惧、战胜我孤独的声名狼藉的温柔征服者，夜晚明亮得可以穿越。

## 奈冯家的葬礼

为一把小提琴、一支笛和一个回声而作

小姑娘的一步
抚摸了小路，
跨过了栅栏。

奈冯家的园子里
蚂蚱们睡了。
白霜和冰雹
引来了秋天。

是风在决定

树叶或鸟巢

哪一个先落地。


          *


快！记忆不注意

谁替他安放这额头，

这一瞥，这场大雨，

水母的摇摆

在深邃的时间之上。


它与马鞭草等同，

每个夏日被连根割掉，

大地在播种的时节。


          *


窗口和园子，

悬铃木和屋顶，

甩出一大群蜜蜂，

从花粉到阳光，

从蜂群到花朵。


一只自由航行的鸟

为果腹而翱翔，

它大声说话

像一位勇敢的水手。


当床闭合在

我整个疲惫的身上，

美丽的眼睛移开

从作品走向我。


缝衣针闪着光；

我感到那细线

在手指的宝藏里

绣着细亚麻布。


噢，遥远的是年龄。

要长大，得那么多年，

没有父亲可以拥抱！


他的天资散尽，

亲爱的溪流

接济着他的需要。

杨树和吉他

在夜里复活

为了庆祝这天空

并不参与的奇观。


草地的割草人

站起身，佝偻着，

去逮那些燕子，

静悄悄，没个完。

船的龙骨陷入

岛状地带的淤泥，

这只船死了。


课堂和夜晚之间

荆棘缠紧他们，

几个喧闹的淘气鬼，

奔跑着，又聋又残忍。

雾跳过他们，

冰冷而充满母性。

他们模仿了

树林中的竹子，

亲爱的飞舞的芦苇丛！


*


残疾人园丁微笑着

回忆着遗失的工具

235

在增长着的枯萎丛林间。

*

我们分享的财产，

一位死者的愿望，

捣碎并毁坏

草坪和树木，

沉睡着的懒惰，

黑暗的空间

我的奈冯家园子。


既然必须放弃

那我们留不住的，

它变成了别的

违心或者合意——

完全地忘掉它，

然后巡视灌木丛

为了遍寻不见的东西，

它应当治愈我们

不为人知但

随身携带的疾病。

## 一个和另一个

为何你不停摇晃，玫瑰<u>丛</u>，在这绵长的雨中，用你双重的玫瑰花？

就像两只成熟的胡蜂，停着，不飞翔。

我用我的心看它们，因为我的眼闭着。

我的爱在花朵之上，只留下风和云。

## 刺棒

——为什么如此热烈，青春的脸庞？

——我走了，夏天消失。

我的恐惧扼要地对我说了这些，

比灰色的水和枝条更好。

——双拳抱膝，获得警示的天使；

在你的翅翼上我的鞭子呼呼响。

## 一个无装饰的夜

瞧那被打死的夜；在它身上，我们继续相互满足。

在夜里，诗人、悲剧和自然，合而为一，但上升着，渴望着。

夜携带粮食，太阳使得被滋养的部分更加纯粹。

在夜里有我们服务他人的见习工作，在服务我们自己之后。这守护者的清新力量是丰厚的！

永恒在攻击，但一朵云拯救。

夜加入生命的不论什么诉求中去。生命准备在春天结束，以暴风雨的翅膀飞翔。

夜染上铁锈的颜色，当它同意为我们打开它花园的栅栏。

从活生生的夜的角度来看，梦有时不过是一层幽灵般的地衣。

不该让夜的心脏着火。应该让黑暗成为主人，在晨露镂刻的地方。

夜只是继她而来。太阳的警钟不过是同夜有关的一种容忍。

我们的神秘的更新，是夜在照看它；被选中者的衣着，是夜在执行。

夜使我们人类的过去变得更聪明，把它的穿衣镜斜在当下面前，并把不确定放在我们的未来中。

我用天国的土地盈满自己。

完全的夜，粗暴的梦不再闪烁，为我守护我所爱的，让它活生生。

在风之上

四位数

# 1
## 毗邻

草原跟我说溪水
而溪水则说草原。


风在云上。
我的虔诚是时光的凉爽。


但蜜蜂是梦幻者
红眼鱼潜伏。

飞鸟不停。


## 2
### 俘虏

我玩耍的青春过成了囚徒的生活。
噢我居住的城堡主塔！


田地，我四季的收获映照着你。
我打雷，你旋转。


## 3
### 精神的鸟

别求我，大眼睛；躲藏好，欲望。
我消失在空中，无边界的池塘。
穿过熟透的麦子，我滑向自由。
没有气息能沾染我飞翔的镜子。

我追逐人类的不幸，把它从娱乐中分离出来。

# 4
## 基准线

星星的好意在于邀请我们说话，告知我们，

我们并不孤单，而且，晨曦拥有一座屋顶，

我的火焰拥有你的双手。

## 出口

一切熄灭：

白昼，内部的光。

疼痛的人群，

我再也找不到我真正的时光，

我的家。


没有彻底死去的死者的对侧步

在所有虚空处轰响；

在一片多云的天空里

我限定自己。

被那个不在场的人喂养，

一步一步，几乎得到慰藉。


葡萄园将会盈满

你的肩膀在那里战斗，

安全，还有同一个太阳。

## 勒内·克雷韦尔打开的脚步

但是，如果词语是一些锹呢？


因此，死亡，在下边，只会截获你的回声。

你卷曲的话语总是同我们嘴里散发出来的蒸汽相
混合，

当冬天在我们的大衣上播撒它的霜。

精神不愿像石头一样变硬，

并同河泥一起斗争，河泥把它引入其中一试身手。

但睡眠，睡眠是一把精打细算的锹。

噢，那想离开的人，消失于不再被痛苦虐待的
夜晚！

## 为一位虎耳草普罗米修斯而作

触摸荷尔德林的风蚀之手。

给丹尼斯·纳维尔

失去诗歌摧毁性能量的现实，是什么？

上帝在我们中间活得太过强悍。我们不再懂得站起身来，并且出发。星星在我们的眼睛里死了，它们在上帝眼里是至高无上的。

是天使们的问题，导致魔鬼们蜂拥而入。他们把

我们缚在岩石上，为了痛殴我们，为了爱我们。再
一次。

唯一的搏斗发生在黑暗中。胜利只在黑暗的边
缘上。

高贵的种子，我的后继者的战争和恩惠，在哑默
的黎明面前，我用一大块面包守护你，等待被预言的
那一天：天降暴雨，柠檬青翠，它将为那些灼热的人
和倔强的人而来。

## 花神的梯子

　　为什么是众人中最活生生的生者，难道你只是生者中的花朵的黑暗？

　　米灰色的热，轰响的明日，你们先于我触到土，啊！别放下对你来说很快将成为爱的权杖的东西。

## 道路分岔

那些小径，隐秘地沿道路延伸的那些槽口，是我们唯一的道路，属于为生存而言说的我们，属于，睡在路边但不麻木的我们。

## 宣告他的名字

那时我十岁。索尔格河为我镶上宝石。太阳在河水的智慧钟面上唱响时间。无忧和痛苦已将铁公鸡砌在屋顶上，它们互相支撑。但是，在窥伺着的孩子的心中，是怎样的轮子，旋得更有力，转得更快速，甚至胜过了炽白火灾中那磨坊的轮子？

## 横穿

他好好服侍过的山谷，滚滚洪流般下降到他的脊背。贫乏的舌头向他致意；草场上的公骡为他欢庆。车辙的玫瑰色的脸两次把它镜面的波浪转向他。邪恶睡了。他是他曾梦想成为的样子。

**如果……**

我们将永不被遣送回国。我们不再伸展四肢；我们再也不会死去，在一个美妙的远方。天空腐烂了，直到它最遥远的弓；任何目光都不能煽动它。大地像一具失去信仰的枯骨。

## 自 1943

你在我们的灵魂里玩得开心，
噢腐烂的古老睡梦！

从此，
白昼之后的月，
黑夜之后的风，
或轻或重，
我们等待。

## 举起的长柄镰刀

当亡者的牧人用木棍敲打，

请把我四散的颜色奉献给夏日。

用我发青的拳头让一个孩子惊讶。

把我的灯和麦穗放在他的脸颊上。


泉，你在逼仄的陋室里战栗，

田地渴求的我的收成，你会挥霍它。

从潮湿的蕨到狂热的金合欢花，

在古老的缺席者和新来者之间，

爱的运动，压低着，将告诉你：

"除了那里，再无别处，遍地都是不幸。"

## 未被预言的未来

我看着你生活在一个节日里，而我最终到来的恐惧使它黯淡。

我们的手在一颗鞭状的星上闭合。长笛等着再次被切削。

一个粗暴的太阳的顶点几乎触不到新的一天。

再也不知道，这么多胜利的汁液该歌唱还是沉默，我松开时间之拳，握紧它的收获。

一道多重的、不结果实的彩虹出现。

太阳的夏娃，尘土和肉身的可能，我不相信别人的揭秘，只相信你的。

号叫的人，跟着我，一直到大门口。

我感到崭新呼吸的诞生和痛苦的结束。

## 悬挂的情欲

夜盖住了它的一半路程。天空的星团此刻在我的目光中保持完整。我看见了你，第一位，也是唯一的一位，动荡星体里的神圣女性。我要撕碎你永恒的长裙，把赤裸的你带回我的地面。大地移动着的腐殖土到处都是。

我们飞翔，你的侍女们说，在残酷的空间里——和着我红色小号的歌。

## 我们摔倒

我的简洁没有链索。

救援的吻。你分散的田块突然长出一个没有目光
的身体。

噢我反方向的泥石流！

一切都连着。

如同风中的夜宵。

一切都连着。被归还给空气。

如同岩石上一条染红的路。一只逃窜的野兽。

急迫的深度同垂直的耐心相混淆。

被翻转的舞蹈。好斗的鞭子。

你长大了的明澈眼睛。

这些不朽的轻盈话语从不忧伤。

在队列里沉默的常春藤。

大海接近蕨类叶片。白日的交叉线条的阴影。

把你的重心再压低些。


死亡打击我们，用它长柄叉的背。直到我们身上出现一个朴素的早晨。

## 夜的升起

我烘暖的花朵，我让它的花瓣成倍增长，我使它的花冠变得黯淡。

时间撕碎并修剪。一道闪光远去：我们的刀。

春天逮住你，冬天释放你，爱的蹦跳的国度。

星星把躲在它身上的胡蜂的蜇针还给了我。

守护，侧着脸，你在山巅上浇灌绵羊的心。

离开

## 我们有

我们的谈话，在群岛上，给予你，在痛苦和灾难之后，它从死亡地带捎回的草莓，以及寻找这些草莓的热乎乎的手指。

暴虐没有三角洲，从来不被正午照亮，对于你，我们是衰老的白昼；但你不知道，我们也是贪婪的眼珠，尽管遮盖着，从根子上。

作一首诗，就是占据婚姻的彼岸，它就在这生活中，同生活紧密相连，然而，也在死亡的骨灰瓮附近。

269

应该确立自己，在自身之外，在泪水旁边，在饥饿的眼眶内，只要我们想让不同凡响的什么事情发生，仅仅为了我们。

如果掏空我们的恐惧抛弃它结冰的洞穴，如果我们心中的恋人让蚂蚁之雨停住，那首**歌**会重新唱响。

在一场雪崩的混乱中，两块石头蹦跳着结为夫妻，在空间中赤裸地相爱。淹没它们的雪水惊讶于它们热烈的青苔。

人肯定是黑暗中最疯狂的那个心愿；这就是为什么，我们是黑暗的，在强悍的太阳下，嫉妒而疯狂。

一块美丽的土地濒临绝境，在它飞舞的姐妹们的注视下，它那些精神失常的儿子们也在场。

*

　　我们身上有着我们永远无法用脚步丈量的巨大的疆域；但它们对我们严酷的气候是有用的，也有利于我们的觉醒或沉沦。

　　怎样把我们从前的心和它归还的权利扔到黑暗中去？

　　诗歌是我们手里紧紧攥着的这颗果子，成熟，带着欢乐，就在同一时刻，它出现在不确定的未来那结霜的茎上，在花朵的萼中。

　　诗，人类独一无二的上升，死者的太阳也不能在完美而滑稽可笑的无限中使它黯淡。

*

　　一个神秘，比替他们的心灵辩解着的诅咒更加强大，他们在时间中栽下一棵树，在树根上睡去，而时间变得深情。

## 在行进中

自我的死亡，那些闪着磷光的连绵痕迹，我们在爱我们的那些人眼里读到，我们不想替他们隐瞒。

在丑陋的死亡和经天才之手预备好的死亡之间，在一副野兽面目的死亡和一副死人面目的死亡之间，应当做出区分吗？

\*

我们只能生活在裂缝之中，准确说是在阴影和光明的晦涩分界线上。但我们不可抵抗地被扔向前方。

272

我们的整个人格为这一推力提供援助和晕眩。

*

诗既是言说，又是无声的挑衅，因我们要求一种无可匹敌的现实到来而绝望。这现实是不会腐烂的。不腐烂的，并不；因为它冒着我们大家的风险。但唯有它战胜了物质的死亡。这就是美，远航的美，出现在我们心灵的最初时刻，时而可笑地自觉，时而清晰地被警告。

那引起我共情的，我所热爱的，几乎马上为我招致如此多痛苦，与我摆脱的痛苦一样多，抵抗着，在我心灵的神秘中：一滴泪的隐匿的准备。

白色生命下端唯一的签名，就是画出它的诗。并且永远在我们爆裂的心灵和凸现的瀑布之间。

对黎明，不幸是将临的白昼；对黄昏，就是吞没的黑夜。以前曾有过黎明的人们。在这日暮时分，也许，就是我们。但是，我们为什么长出了羽冠，像云雀一样？

# 卢马兰[1]的永恒

阿尔贝·加缪

不再有直线，也不再有大道，同一个离开我们的生命在一起。我们的爱在何处晕眩？一圈又一圈，当他接近，只是为了旋即隐匿。他的脸有时贴在我们脸上，只产生一声冰冷的闪电。延长了他与我之间的幸福的那一天荡然无存。存在的各部分——几乎是极端的——一下子支离破碎。我们谨慎的常规……但这个消失的存在，挺立在我们身上某种僵硬、荒芜和本质

---

[1] 卢马兰是法国普罗旺斯地区沃克吕兹省的一个村庄。

之物中，我们的几千年在那里，共同造就了一只被掀起的眼皮的重量。

同我们热爱的人，我们已停止交谈，但这并非沉默。那又怎样？我们知道，或自以为知道。但是，这只发生在凸显意义的过去为他通行而打开之时。他就在我们的高度上，在更远处的前方。


在克制的此刻，我们再次质问这谜的整个重量，突然，痛苦发作，伙伴间的那种痛苦——这一次，弓箭手没能射穿它。

## 致索尔格河边的居民

　　诞生日在空间中的空间之人，比起隐士般躺在拉斯科岩洞，四肢从死亡泥淖里出来、变得僵硬的花岗岩之人，将要黯淡一亿倍，他所揭示的那些隐匿之物，也比后者少了一亿种。

1959 年

## 违反

你们服从你们存在的猪猡，我听命于我身上不存在的神。

我们仍是无情的人。

## 蒙米拉伊花边山脉[1]

　　山顶上，卵石间，古老白霜的男人们烧制的
陶土小号，叽叽喳喳，像雏鹰一样。

愿它是浓烈的痛苦，如果有痛苦。

诗靠持续的失眠养活。

　　似乎，是上天说了算。但他的说话声实在太轻，

---

[1] 蒙米拉伊花边山脉位于法国普罗旺斯的沃克吕兹省。

谁都听不见。

没有褶皱，只有我们可倚靠的千年的耐心。

睡吧，绝望者们，很快就天亮，一个冬日的白昼。

我们只有一个应对死亡的策略：在死亡之前搞艺术。

现实，被掀开时才能被跨越。

在困顿和随性的年代，有些人一夜之间被杀，另一些人永恒：一只云雀的肺腑之歌。

寻找一位兄弟，几乎意味着永远寻找一个生命，我们的同类，我们渴望赋予他超验性，我们勉强刨平这些超验性的符号。

正直的坟墓：一座麦垛。麦粒做面包，草秆成肥料。

仅只一次，看波浪把锚抛入大海。

想象之物是不纯粹的；它只行进。

伟大者只会因伟大者变得永恒。我们遗忘。只有尺子受伤。

一位泳者不会潜入水下，那是什么？

他们用拳头击打，用贫穷的手劳作。

野性的雨偏爱深刻的过路者。

本质是在适当的时间，通过延展道路来护送我们的东西。这也是一盏没有目光的灯，在烟雾中。

一盏蓝色信号灯的书写，焦急的，锯齿形的，顽强的，来自儿时的冯杜[1]，永远在蒙米拉伊的地平线上奔跑，这地平线，我们的爱随时带给我，又拿走它。

　　一种坚不可摧的残酷的国王碎屑。

　　云朵有着同人类同样坚定的愿望。

　　渴求这碗热汤的不是胃，而是心。

　　伤口上的睡眠像盐一样。

　　一种无法言说的干涉，从事物、情境和生命那里剥下它们偶然的光环。对我们来说，只有从这光环开

---

[1]　冯杜山，法国普罗旺斯地区的一座山。

始才有好时光。它不免疫。

这场雪，我们曾经爱它，它没有道路，它会发现我们的饥饿。

## 喜悦

云在溪流里，雷声穿越天空。无从捕获的日子，在种子里攀登，在青草中死去。饥馑的时间和收获的时间，一个压着一个，在破衣烂衫的空间里，抹掉了它们的差异。它们一起奔跑，露营！满脸皱纹的路人，恐惧如何区别于希望？屋子不再是门槛，林中空地不再有烟雾。热情的欲望坠入深渊——这一小抹黑暗在我们的背上，迎春花在那黑暗中担忧，当未来抽穗时。

入侵途中的桥，对胜利者撒谎，对失败心软。我们会明白吗，在死亡脚下，心，这捆麦者，是否不该走在前面，而该跟随其后？

## 沉陷

葡萄把采摘女的手指
当作祖国。
但她，她是谁，
走过了残酷葡萄园的狭窄小径？


葡萄的大串念珠；
夜里，高高躺着的果实流淌下
最后的闪光。

## 题赠

《树枝壁垒》，题赠给伊夫·帕蒂斯蒂妮（Yves Battistini）。

《危险和钟摆》，题赠给勒内·梅纳尔（Rene Ménard）。

《在行进中》，题赠给乔治·布林（Georges Blin）。

《卢马兰的永恒》，题赠给让-保尔·萨姆松（Jean-Paul Samson）。

文
景

Horizon

社 科 新 知　文 艺 新 潮

在风之上

[法] 勒内·夏尔 著

树才 译

出 品 人：姚映然

特约编辑：卢　丹

责任编辑：李　琬

营销编辑：杨　朗

封扉设计：周伟伟

出　　品：北京世纪文景文化传播有限责任公司

　　　　　（北京朝阳区东土城路8号林达大厦A座4A　100013）

出版发行：上海人民出版社

印　　刷：山东临沂新华印刷物流集团有限责任公司

制　　版：北京大观世纪文化传媒有限公司

开 本：850mm×1168mm　1/32

印 张：9.375　　字 数：112,000　　插页：2

2024年7月第1版　　2024年7月第1次印刷

定 价：69.00元

ISBN：978-7-208-19008-5/I·2161

图书在版编目（CIP）数据

在风之上 / (法) 勒内·夏尔著；树才译. -- 上海：
上海人民出版社，2024. -- ISBN 978-7-208-19008-5

I.I565.25

中国国家版本馆CIP数据核字第2024MV5546号

本书如有印装错误，请致电本社更换　010-52187586

社科新知　文艺新潮　｜　与文景相遇

| 微信公众号 | 微 博 | 豆 瓣 |
| bilibili | 抖 音 | 小红书 |